山海經裡的故事①

南山先生的藥鋪子

文／鄒敦怜
圖／羅方君

名家推薦

陳清枝（台灣宜蘭荒野創辦人）

從一打開這本書，我一口氣看完，欲罷不能。除了敦伶純熟的文字寫作功力，內容更是吸引人，好像讀怪獸大全。有好多不可思議的動物出現，每種動物都有牠出現的意義和藥效，真是神奇啊！

故事從一個小孩，到南山先生的藥鋪子當學徒開始，然後種種奇怪的病症、奇怪的藥帖出現，從一般的疑難雜症，到健忘、癡呆、憂鬱、瘋瘋病，都有藥可以醫治，真是令人嘆為觀止。

除了醫治病人，南山先生還告訴我們一些道理，讓人深思。例如當私塾老師的，因為吃到毒草，而變得壞思想上身，要治療好，除了藥，還要能夠自己承認自己的錯誤，承認自己的不好，才能治癒。因為世上的人，大多不承認自己的錯誤，不會自我反省檢討，所以南山先生的藥草，幾乎沒有人使用。何平先生的心理疾病，還是要靠自覺、反省和懺悔，才能治癒，這不正是告訴我們要懂得懺悔和自覺？

故事的結尾更是懸疑，真想知道，為什麼不能靠近，那個奇特的房間？裡面到底有什麼祕密？有什麼奇怪的東西？期待後面二、三集讓我們繼續看下去。

感謝敦伶，創作出這麼好的故事，也讓我們更了解，中國文學裡，有如此神奇、充滿想像和思考的好作品。

何綺華（海峽兩岸兒童文學研究會理事長）

《山海經》這本書曾被認為是荒誕不經的幻想故事，有很多神話、和有關天象和地理、藥物、奇珍異獸等等的奇聞軼事。近來卻被中外考古學家逐一證實許多內容都是真實的存在，並和北美文化、秘魯文化及許多古文化有連結，而視它為一本偉大的博物誌，吸引越來越多人研究它。《南山先生的藥鋪子》是鄒敦怜老師用文學的方式改寫，配上羅方君夢幻的插畫，淺顯易讀，小朋友可以透過這書輕鬆走進《山海經》的神祕殿堂，感受它的奇妙和偉大。

游逸伶（財團法人劉其偉文化藝術基金會顧問／獨立策展人）

「以圖表文，以文釋圖。」藝術家羅方君圖畫描來古雅靈動，作家鄒敦怜老師文字敘來栩栩如生。構圖形象與細膩文字相輔相成，在21世紀的視覺文化時代裡，提供人們審美欣賞與想像，更啟發學童閱讀經典豐富的想像力和無窮的創意力。

序

第一次讀《山海經》是小學時，我每每讀一段，就闔上書本、閉上眼睛想著那段的內容，心裡的讚嘆都是：「這是真的嗎？作者真的去過那些地方嗎？」

書中有很多奇異的國度，那兒的人跟我們長得很不一樣；

有的國家的人，長著長腦袋，身上都是羽毛，樣子就像隻鳥；

有的國家的人，胸口正中央有一個大洞，他們的心都偏一邊；

有的國家的人，看起來像只有一半，一條胳臂、一個眼睛、一個鼻孔。

書中有很多奇妙的環境、動植物，跟我們熟悉的世界完全不同：

有的地方整座山都是美麗的寶石礦物、陽光一照閃閃發光；

有的地方會出現外型詭異的動植物，出現時總會有某些預兆跟著來；

有的地方可以找到高貴的樹，形狀像彗星，樹上的葉子每個都是珍珠。

許多熟悉的神話故事：夸父追日、女媧補天、精衛填海、大禹治水……在書中都可以找到。根據後代學者推測，這本書的作者是春秋末年到漢代初期這段時間，楚國或者東邊的巴蜀人。那可是距離現在快兩千五百年啊，人們如何寫作？

如何保存作品？想到這些，就覺得能讀到這本書，是種種不可思議的機緣。

我想古人可能跟我們不一樣，他們應該是真的可以跟天地相通；古代的世界可能也跟我們現在不同，那是全然不受文明污染，純樸又神聖的世界。

《山海經》曾帶著我飛往難以想像的地方，創作這本《南山先生的藥鋪子》，透過小難的眼睛，我也將帶著讀者，飛往那個美好的時空。

目次

一．初見南山先生

第一次見到南山先生，是我爹帶著我到山上拜師那一天，南山先生住在西海岸邊的招搖山。

我們走了好幾天的路，一路打聽，逢人就問，直到一陣風吹過，我們聞到濃濃的桂花香，遠遠那一端的地平線，有一座山隆起，我和爹開心對望，終於快到了，那就是招搖山。

為什麼會有這麼千里迢迢的拜師之路，這得從小時候的一段奇事說起。

我娘說，我從小身子不好，很難照顧，三天兩頭生個

小病大病，好幾次從鬼門關被救回來。

聽說，我兩歲多那一次，病得實在太嚴重了，好幾個大夫看了都搖頭。我娘紅著眼眶到廟裡拜拜，菩薩給了一張籤：「急上雲梯步月宮，嫦娥與我桂花香。騎鯨變化凌雲志，一任扶搖入九重。」籤詩裡頭又是月宮又是嫦娥，我娘以為我這次真的要「升天」了，再加上裡頭的批註寫著：「病人──凶」，我娘在廟裡眼眶就紅了。

廟裡的白鬍子老住持接過去一看，微笑著說：「不礙事不礙事，你沒看到『騎鯨變化凌雲志，一任扶搖入九重』嗎？這是個脫胎換骨的時機啊！」老住持又說，「這樣的孩子只要送出家門，找個師父學學手藝，慢慢就可以消災添福，最好是往桂花多一點的地方去。」

當時，我娘半信半疑：「我們在旁邊照顧都長成這樣，送出門還能活命嗎？」說也奇怪，那次的病，我又是有驚

無險的熬過；更妙的是，那次之後，我的身體似乎一天比一天強壯，就如老住持說的，整個人脫胎換骨似的。當我滿十二歲時，那位老住持已經雲遊四海去了，不過家人還是記得老住持的吩咐，要給我找個師父學學本事。

學什麼好呢？

跟鄰村的大楞子一樣，到木匠師父那兒學木工嗎？我爹先搖頭。「他個子這麼小，搬木頭、鋸木頭、刨木頭都要力氣，我看送過去不到半個月，應該就被送回來了。」不然，像表哥一樣，到裁縫師父那兒學做衣服？我奶奶搖著手。「別吧？做衣服要能定下心，裁裁剪剪總要好幾個時辰吧？你覺得他坐得住嗎？」不用大人奶奶說，我自己也知道，我個子小又好動，像隻猴子一樣，要我乖乖待著坐著，一定行不通。

「不是說過要多接近『桂花』嗎？不然，去找南山先生吧！」爺爺撚著鬍子說道。

南山先生何許人也？爺爺說他還是年輕小夥子的時候，常看到南山先生在田裡趕著耕牛，耕著自家門前那一方水田，由於只有一個人，人手不足的農忙時節，爺爺就會去幫忙。不知得到什麼機緣，南山先生有一陣子在荒山迷了路，當時他自己一個人，什麼都沒帶，在山裡頭亂竄，直到一個多星期之後才下山。下山之後的南山先生，整個人瘦了一大圈，卻忽然無師自通，開始幫人把脈診治，而且不管什麼疑難雜症、陳年痼疾，居然還都能治得好。

南山先生非常孝順，照顧自己年邁的父母直到終老，沒有娶親、沒有小孩。當安葬好父母之後，把自家田地直接託爺爺照顧，背著簡單的包袱，走出村子口時對著大家深深一鞠躬，算是跟自己的過去道別，就這麼無牽無掛的

離開，說自己要到遠方去。後來，爺爺收到別人輾轉捎來的訊息，說他在招搖山落腳。早半個多月前，爺爺就託人帶信給南山先生。酷暑結束，秋風送爽的時節，我和爹就出門了。

來到招搖山，我們沿著山路往上，一邊走一邊左看右看，忍不住嘖嘖稱奇。

山上怪石嶙峋，陽光照耀在石頭上，石頭發出奇異的光彩。這裡盛產金屬礦物，地底下也蘊藏著稀世的玉石，一整座山都是寶啊！山上還有許多巨大的桂樹，每當桂花盛開的時候，濃郁的香氣隨風飄散。許多人會到附近找個地方住一陣子，說是天天聞著桂花香，神清氣爽。

走著走著，山路越來越陡，每條岔路看起來都差不多，餓了大半天，肚子咕嚕咕嚕響著，頭頂的太陽火辣辣的照著，真是又昏又熱又餓呀！正如賈島詩句寫的「只在此山

中，雲深不知處」，我們只知道南山先生在這座山上，這怎麼找好呢！

正在擔心的時候，前面山溝有個戴著斗笠的怪人，他穿得灰撲撲的，滿頭銀白色頭髮，臉上卻光滑得很，沒什麼皺紋，他趴在地上，盯著眼前的一片草叢。我們正要問話，他把一根手指頭放在嘴邊：「噓——」我們只好繼續看著他在做什麼。他專注的在地上翻找眼前的草叢，似乎跟每一束草葉對話。最後，他揚起手中一束植物，開心的說：「有這個就不怕鬧饑荒了，你們一定肚子餓了，吃一點吧！」

他手中的植物葉子又細又長，看起來像韭菜，上頭開著青色的花朵，聞起來沒有特別的味道。這不就是「青菜」嗎？

「這是『祝餘』草，也是有名的仙草，吃了就不會餓了。有個村莊鬧饑荒，我想教他們怎樣種祝餘草，這樣他們就可以熬過荒年了。」那個怪人說得誠懇，他的手伸過來，我們就很自然接過來，把草葉放在嘴裡嚼啊嚼。草有一種淡淡的清香，和著唾液吞進肚子裡，原本餓得發慌的感覺不見了。

「你是小難吧？我接到訊息，知道你們要來，我就是南山先生。」忘了說我的名字，因為小時候太難養了，家人沒給我取名字，就叫我「小難」，災難的「難」，希望我小災小難多經歷些，那些大災大難就能擋得住。

這是我和南山先生第一次見面，在招搖山半山腰，那時他正在找祝餘草。

我爹陪著我在南山先生那裡待了幾天，他就得回家，家裡還有好多活要幹呢！臨走時，南山先生給了他一條項鍊，那條項鍊是一條皮繩，底下的墜子一片圓圓的像車輪，顏色是墨色的，有深深淺淺的黑色紋理。

「這怎麼好，這孩子還要您多照顧呢！」我爹惶恐的搖著手。我爹是老實人，從不占別人便宜，他一定以為南山先生要送什麼玉石給他。「喔，這是『迷轂』，也是招搖山的特產。這種樹長得像構樹，天色變暗的時候會發光，帶在身上不會迷路，你下山就不用多走冤枉路了。」原來是配戴著不會迷路的寶貝啊！

我爬到一棵高高的大樹上，坐在樹杈看著爹下山的背

影，我對新的生活有點期待，但這時卻又有點想哭。我告訴自己，爹娘說我認真的待上三年五年，好好的學會本事，可以把自己的身體調養得更好，將來也可以幫助很多人。

爹下山之後，山上剩下我跟南山先生。

二・落魄書生的考驗

南山先生要我做的第一件事情，就是改口叫他「師父」。我到了才知道，師父從來不收徒弟，要不是因為爺爺，我也不會有這樣的機會。本來以為自己一個人待在這裡，會覺得沒趣兒，沒想到這都是多想的，這裡有太多讓人覺得新奇的事物，就拿大堂那面百子櫃牆來說好了。

大堂的整面牆，都是透著香氣的松樟木做成的，上頭有數不清的小箱子。上面幾層比較小，下面幾層比較寬。到底有幾個箱子呢？我問了師父，師父微笑的說：「我已經弄不清楚了，你可以自己數一數。」我一點也不相信這

句話，哪有大夫弄不清自己家的藥箱有幾個？不過，師父這番話讓我好奇得不得了，我真的花了一整天的時間，慢慢地數了一遍。整個大堂裡的箱子，一共是三千六百個！

小箱子裡頭當然都是可以治病的藥材，師父允許我有空就打開櫃子瞧一瞧，說這樣找機會先認識藥材也好。我聽了當然照辦，我最喜歡好奇的東看西看了。

拉開箱子，裡頭的東西可奇特了，有的像是石頭泥土，有的是壓得乾乾扁扁的奇異動物，大部分是曬得乾乾的植物。每次打開箱子都像打開某個不知名的寶盒。有一個櫃子裡的東西，看起來灰撲撲的，聞起來帶著土味，這東西曬到太陽的時候會變成金黃色，在月光下擺著又變成銀白色，要是放回箱子裡，沒多久又回復成死灰的枯枝。

另一個櫃子裡的乍看像一顆顆曬乾的毬果，每顆大概是栗子一般大小，表皮上布滿鵝黃色的細毛，搖晃時裡頭會發出聲響，怪的是每次搖晃發出的聲音都不一樣。

還有一次我一打開箱子，裡頭的像沙粒的東西就全

都黏到我的手上，怎麼甩都甩不掉，越是搓揉沾黏的範圍越大，我急得去洗手，那些東西反倒像水泥一樣變硬，害得我只好連跑帶跳的到師父面前求救。

師父的藥鋪子在整個招搖山赫赫有名，只是山下的

海岸像一道防線，能上來的病人還是不太多，所以每一個親自找上門來的病人都是有緣人。有人來看病的時候，當然都是師父親自把脈，接著在黃紙上龍飛鳳舞的寫了藥方，之後開始抓藥。第一次看師父抓藥，我驚訝得下巴都要掉下來。

他熟練的拉開箱子，這裡抓一把、那裡拿一點，手一抓就是斤兩十足。箱子高高低低的，師父就像飛簷走壁一樣跳上跳下的，沒多久幾帖藥就抓好。這時我會聽到：「小難，接手。」我負責把藥材放在棉紙中央，包好後再用細草繩紮成一個小包，就像我在家裡最愛摺紙一樣，這點難不倒我。

既然不是每天都有病人造訪，所以大部分的日子，只

要天氣還不錯，沒有起風下雨的時候，師父都是帶著我到外頭尋找新的藥材，我們的足跡常常離開招搖山，到更遠的地方。

有一天，我們在樹林裡走著，一道影子閃過。在高高的樹梢上，有個深灰色的身影。牠一開始像猴子一樣，兩隻手抓著樹枝從這頭擺盪到另一頭。我看著那擺盪的弧形線條，突然「啪」一聲，那根枝條斷了，我的心臟縮了一下，牠會不會掉下來？當我忍不住叫出「啊」的時候，那個身影正面朝著我，我看得清清楚楚，那是一張人臉，還朝著我吐了吐舌頭，這到底是猴子還是人啊？我的「啊」聲還沒叫完，那隻「猴子」竟然振起翅膀，搧起一陣風，掠過我們眼前，一邊飛遠還一邊發出低鳴。

「師父——」我轉頭喚了一聲，卻看到師父面色凝重。

「這是獸類還是鳥類啊？」

「這是鴸鳥，不知道從哪裡飛過來的，牠只要一出現，就沒什麼好事。」

「就一隻鳥而已啊，牠會帶來疾病嗎？」

師父搖搖頭，朝著鴸鳥飛走的方向看了又看，緩緩的說：「傳說中，鴸鳥一出現讀書人就要遭殃了，牠不是吉祥的動物，牠暗示災難就要發生。」那隻外形奇特的鳥，相傳是堯帝兒子丹朱幻化而成的，丹朱沒有父兄的美好德行，所以沒被推派出來成為新的領袖，丹朱很失落，他的怨恨凝結成強大的詛咒，他化成鴸鳥，只要鴸鳥一出現，就代表讀書人要倒大楣了，不是被流放就是厄運連連。

我心中是有點慶幸，幸好我不是「讀書人」，這鵪鳥出現，跟我應該沒什麼關係。只是師父繼續說：「在位的讀書人，若是認真做事，不肯同流合污，一定是好官。你想想，會被流放的，都是不諱直言進諫的，或是堅守原則按本分做事的。這樣的好官被流放或是不受重視，你想想會發生什麼樣的事情！」

師父說得那麼嚴重，害我心裡嘀咕了好幾天。不過這裡天高皇帝遠，我想就算有什麼事情，也輪不到我擔心。但是，我才高枕無憂沒幾天，一位瘦瘦的書生，竟然在有一天的傍晚，來到藥鋪子。

這個書生白白淨淨的，年紀應該不太大，但是看起來顯得蒼老，他面有菜色，一副營養不良的樣子。眉頭皺得

幾乎打結，盯著他看的我，也忍不住憂心忡忡了。他走進來時，沒多說話，但師父好像知道什麼，也不問他。只是叫我：「小難，你去準備點吃的端過來。」

我從蒸籠裡，拿出一個肉包子，一個雜糧饅頭，裝在盤子裡端了過來，又倒了一大杯水，書生也不跟人客氣，拿起一個大口咬，他看起來真的餓了。饅頭一下子吃了大半個，水喝了大半杯，他才說：「南山先生，……」

這個書生說自己因為家境貧窮，所以很早就立志讀書，偏偏每次考運都很差，連著十幾年了，前年好不容易考取也上任了，只是工作一直出差錯，上個月被拔了官。

「我已經走投無路了，是我做得不夠好嗎？怎麼老是厄運連連？聽一個朋友說，您曾經給他一個方子，他吃了

就精神百倍，我要是也能得到那個方子，我就有更多時間可以做事了……」

「你說的是很多年前來的李其，他現在應該已經是縣官了吧？」

「是啊，他是我的好朋友，他說你一定有辦法。」

「你的問題跟他完全不同。那時世局還算穩定，他只是沒辦法專注讀書，我只是讓他吃幾次當歸尚付湯，沒什麼特別。」

「只有這樣？當歸尚付湯？那是什麼？」

「是的，尚付鳥是我們南山出現的鳥，只是很難得見到。牠的顏色赤紅，有三個頭，每個頭上有一對眼睛，背上有三個翅膀，長著六隻腳。吃了牠的肉，可以精神百倍，

就算不睡覺也不會累。李其只是要改掉原本貪懶惰性，所以他只需要那個。」

「我服用當歸尚付湯也可以嗎？」書生的眼睛亮了起來。

「沒用的，幾天前這附近出現了鴸鳥，每回鴸鳥出現，就是讀書人遭殃的時刻，你做得再多也只會遭來更多的禍事，要小心啊！」

書生原本稍有生氣的臉龐，聽到這樣的結論，頓時又黯淡了下來。

「不過，我可以找一些東西讓你帶回去。」師父說完，開始翻找藥箱，看到那神乎其技的上上下下，書生眼睛眨都沒眨。

隔了好一會兒，師父拿下幾塊黑黑的東西。

「這幾塊東西，你拿回去當藥引子，搭配著食材，燉什麼都好，吃了可以避開邪毒妖氣，你應該可以少沾惹點麻煩。」吃了那幾塊黑溜溜的東西，可以避開邪毒？是身體會有怎樣的改變嗎？師父的藥材還真是讓人難以理解。

還好我沒有多問，因為接下來師父說起這些藥引子的典故，這是九尾狐的肉，吃了可以讓自己保持思慮清晰，不會受到蠱禍。九尾狐象徵著子孫繁衍昌盛，有不少人想捉到牠，不過牠警覺性很高，發急的時候會把人吃掉，所以很難捕捉。

「很難捉？怎麼還會抓到這一隻呢？」

「很多年前，那時我剛到招搖山不久，有一次在山路

上走著走著，彷彿聽到有嬰兒的哭聲，我覺得詫異，是誰發生了什麼事情？這荒郊遍野，怎麼會有小孩的哭聲？後來，我在一個山洞中，發現一條九尾狐，那是我唯一一次親眼目睹九尾狐，之前只在書上看過。九尾狐真的是非常漂亮的異獸，我看到那隻，皮毛是黃色的，像是成熟的麥穗，牠外表跟一般狐狸差不多，只是身型大約是狐狸的兩倍大，後頭拖著九條美麗的長尾巴，那尾巴蓬鬆柔軟，像是高貴的披風，山洞不大，幾乎被九尾狐塞滿了，牠黃澄澄的皮毛，讓山洞都變亮了……」

我腦子裡浮現九尾狐在山洞中的模樣。

「只是這隻九尾狐腹部扎了一根木樁，有手臂那麼粗，失血過多，氣如游絲，我一點忙也幫不上……九尾

狐是難得的藥材，牠已經活不了了，之後我帶回家，經過九蒸九曬，焙製了一些存著，這些用完，要再找也不容易了。」

拿到這麼難得的藥材，書生千謝萬謝。不過師父又拿出另一個東西，是兩支羽毛，大概只有一支筷子的長度那麼長。

「小難，你拿一個錦囊過來。」

師父說，這是灌灌鳥的羽毛，個頭不大，就像一隻小斑鳩，牠有尖尖的喙，結實的肉就像雞肉，味道鮮美多汁，只是牠們動作靈活，一靠近就立刻飛走，要抓來吃並不容易。不過，吃不到灌灌鳥的肉，可以採集牠們的羽毛。灌灌鳥愛跟同伴較勁，一碰上同類就不停的叫喚，叫聲像

人在吵架。很多人聽到聲音之後，會悄悄的靠近那棵樹。因為灌灌鳥不僅聲音像吵架，還會一邊叫一邊搧動著翅膀虛張聲勢，當牠們氣得發抖時，也會抖落幾根翅膀上的羽毛。

「我把這兩根羽毛裝進錦囊裡頭，把這個配戴在身上，你的心境就會舒坦自在，能堅定自己的心志，頭腦清明，不會困惑，遇到挫折也不會覺得委屈。唉！當今世風日下，我能幫你的，就只有這麼多了！」

書生在我們這兒待了三天，第三天一大早，就啟程回去自己的家鄉。他走的時候看起來多了些朝氣，不像剛見面時那樣的死氣沉沉。

看著書生下山的背影，我問師父：「他回去之後，會

重新受到重用嗎？」

師父輕輕歎了口氣說：「危邦不入，亂邦不居。天下有道則見，無道則隱。他真的分得出這時是有道還是無道嗎？那隻鵪鳥才剛出現過，抱著熱情，還有理想抱負的讀書人，真的會有空間嗎？」

師父的臉上又出現了那天憂心忡忡的神情。

三・縣官的難題

書生離開之後的好一陣子，師父都有些心事重重，他總是白天看書、晚上看星象，看著看著又不由自主的歎著氣，我什麼也不敢多問，當然什麼也不敢多說，偌大的藥鋪子，靜悄悄的，外頭沙沙沙的樹葉聲顯得特別讓人心驚膽戰。

我很少看到師父這麼沉默，有些不習慣，這時候特別想家，想著自己假如正在家裡，我可以幫娘做什麼事情呢？爺爺會不會教我什麼新東西呢？爹一個人在田裡，我們家的大黃牛有沒有鬧脾氣呢？只有這樣天馬行空的東想西想，才能讓我不要胡思亂想。

這樣沉悶的日子過了幾天，有個大清早，大門外頭有人大聲嚷嚷：「南山先生，南山先生，我們找到藥材，跟您換東西好嗎？」

外頭是龍叔和毛叔，他們也住在招搖山，不過離得很遠，看他們氣喘吁吁的模樣，想必是趕了好一段路過來。龍叔和毛叔曬得黝黑，那模樣讓我想到爹爹。

師父幫人治病，自己炮製藥材，也收集各種的藥材。附近的莊稼人假如找到什麼稀奇的動物植物，都會送過來，看看能不能換一點有用的草藥回去。一般人不認得藥材，找到的東西也不一定有用，但是師父總會讓他們換一點什麼回去。

這兩個人喜孜孜的，你一言我一語的搶著說。原來，前幾天他們看田裡的事情做得差不多，一時心血來潮，就想到海口抓魚。沒想到風勢正好，風帆一張起，船順風而

行，一下子就行了好幾百里，這陣風把他們帶到雞山附近。雞山，遠望過去，就像一隻昂首啼叫的大公雞。

「我們從海岸邊往河口處捕魚，那裡的水真是奇特，河水的顏色比海水深，乍看之下，就像有誰在那兒洗筆似的，黑不溜丟的……」

聽到這兒，師父沉吟著說：「雞山……？你們居然跑得那麼遠，那條河應該就是黑水，河水顏色暗沉，流進海中會激起羅紋狀漩渦……」

聽到師父這麼說，他們兩人眉開眼笑的點著頭：「對對對，就是這樣。我們的船在河口飄蕩著，忽然聽到『齁齁齁』的豬叫聲……」

「河裡有豬？我們當時以為哪家的豬走失了，被河水漂送到了那裡，能抓回去多好，可是定睛一看，哪是什麼豬啊，根本就是一個怪物。」

「那怪物身體像是鯽魚，但是身上長著豬毛，還有條豬尾巴，魚頭長得像烏龜，還有四個像爪子一樣的魚鰭……」

「當我們發現時，牠正被十幾條小黑魚咬著，身上都流血了，我們趕緊拿網子撈起來，可惜，還沒回到家，這條怪魚就死掉了，我們有把牠用鹽醃著……南山先生，死掉的魚您能收下嗎？」

好幾天沒什麼笑容的師父，看到龍叔和毛叔，居然笑著說：「可以可以，你們把東西留下來吧，我總會用得著。小難——」師父大聲叫我，要我帶他們兩個人去取一些需要的草藥。

我已經來了一陣子，知道基本的傷風感冒、跌打損傷要準備些什麼，兩個人都拿了滿手的藥材，喜孜孜地離開。

師父對人好，這點讓我最是佩服，只是這條散發著魚腥味的怪魚，究竟要怎麼處理？能變成怎樣的藥材？我問師父：「先烘乾、打碎磨粉嗎？還是要先做什麼？」

師父沉思了一會兒：「你先用水洗淨，然後拿個大鍋子，鍋子裡裝四分滿的水，再把這條魚放進去……」

大鍋子？難道師父要熬製膏滋？大堂藥櫃牆的一角，有幾個瓦罐，裡頭是師父熬製好的膏滋。打開看都是一樣的濃稠烏黑，膏滋大多用來調養，那幾罐分別用在老人、病人、婦人……不過，我曾用手指頭挖偷偷沾來嘗一嘗，每罐嘗起來都差不多，就都像糖一樣。

熬製膏滋很少單方，都得準備大量的藥材慢慢熬，有時得看爐子看幾天。我趕緊問師父：「我要先去準備哪些藥材？」每種藥材都得洗得乾乾淨淨，我也得忙好一陣

子。沒想到師父搖著手說：「不用不用，記得，水不要放太多，蓋過魚就可以。」

這我就不明白了，之前看師父熬製膏滋，水至少十倍，這條怪魚才多大？水又放這麼少，師父到底想要怎麼做呢？我只好再問：「要準備冰糖還是蜂蜜呢？」膏滋會這麼黏稠稠的，就是因為加上了蜂蜜或冰糖，師父說過，兩種東西的藥效不太一樣。

「都不用，喔，對了，因為已經用鹽醃過了，水滾後不用放鹽，把蔥切段放進去，這樣就好。」師父這樣吩咐，簡直跟平時做菜一樣，他到底想怎麼處理「藥材」？我忍不住問了：「師父，這是新的藥材處理方法嗎？」

「誰跟你說這是藥材？這是我們的晚餐，這條魚味道好啊，平時還吃不到呢！」什麼？師父送出這麼多藥材，居然只是為了一碗魚湯？這到底是什麼魚啊？

「這條怪魚叫做『鱄魚』，牠的特色就是樣子像鯽魚卻長著豬的外形。肉質跟鯽魚一樣鮮美，我也很久沒見過了。」

「師父喜歡，那我請龍叔他們再去雞山附近，再幫您多抓幾條。」

「不不不，」師父搖著手說：「一條就夠了，希望最近都不要有人抓到了。這種魚一出現，天下大旱，你說一般靠天吃飯的百姓，遇到乾旱那日子不是更苦了嗎？」

原來師父擔心的是乾旱的預兆，不過只出現一條，應該不是什麼嚴重的事情吧？那條鱄魚吃起來真是鮮美，我心裡有點惋惜，這麼好吃的魚，為什麼要跟那可怕的預兆相連呢！

隔了幾天，龍叔和毛叔又來了，他們開心的說：「南

山先生，這隻鳥送給您，我們看牠怪特別的，我想您一定知道怎麼照顧。」

他們手中提著一個大大的竹編鳥籠，裡頭是一隻像老鷹一樣的鳥兒，大概有兩尺高。大概是因為白天吧，鳥兒看起來無精打采，師父要我接手拿鳥籠，雙手捧過籠子時，我驚呼一聲，嚇得差點把籠子摔落。這什麼鳥啊？鳥頭長著一張人臉，臉上有四個眼睛，還有耳朵呢！

師父聽見我的聲音，皺了皺眉頭，但還是和緩的吩咐我：「小難，拿一些雜糧饅頭。」

我聽到師父問他們在哪裡抓到這隻鳥兒，原來他們因為原本田裡灌溉用的竹管，最近都沒出水，推想說是水管破裂了，還是山上水源被堵住了，兩人就結伴上山，沒想到在一棵松樹底下撿到這隻鳥兒。

「南山先生，牠左邊翅膀羽毛有些脫落，可能是因為這樣所以掉下來了，您會醫治牠吧？」

師父不但會醫人，也會幫附近人家的牲畜看病。

「可以可以，你們就留下來吧！」

這隻鳥瘦巴巴的，沒什麼肉，看起來也是有一餐沒一餐的，野外環境險惡，連鳥兒的生活都備受考驗。

他們拿著饅頭要下山時，師父突然叫住他們：「你們上山查看水管，後來呢？是發生什麼事情，為什麼田裡沒水？」

「竹管沒破，我們一路往上檢查，到了平時接水的山泉深潭，潭水依舊深不見底，周圍水草茂盛，圍著潭子的林子蓊鬱青翠。只是不知道什麼時候，潭水右側的土方崩塌，導致水往另一個方向流去，大潭旁邊又多了一個小潭。原本的水位低了不少，我們的水管露出來了。我們

查看的時候，把水管再加長一點，這樣灌溉的水就沒問題了，我們得趕緊準備耕種了。」

師父站在籠子前面喃喃自語：「又是鱒魚又是這個……希望這只是巧合……」這隻鳥看起來無精打采，我看籠裡籠外，一人一鳥，都有些意興闌珊的模樣。「小難，你準備一些水和碎米。」這些雜事我最會張羅了，我忙進忙出，悻悻然的問：「一個是猴子臉，一個是人臉，這隻鳥跟『鴸鳥』一樣，只要長出人臉的動物，不管是鳥類還是獸類，牠們一出現都沒好事，對嗎？」

「喔，不是這樣的，」師父笑了：「鳥獸依照著牠們的天性生長，牠們原本就是不善不惡，自過自的生活。只是有些應運而生，有的應劫而生，所以有的被視作吉祥之物，有的被當成惡兆前驅。就拿喜鵲和烏鴉來說好了，你希望誰在院子裡築巢呢？」

「當然是喜鵲啦，誰喜歡烏鴉！」

「可是，對天地萬物來說，烏鴉和喜鵲是一樣的，只是人們用差別心去看待牠們。」

師父似乎是要告訴我一種大道理，只是我弄不懂，為什麼我一說鳥獸長了人面，就是壞事要發生，師父會有這麼多感慨。

「這種鳥，叫做顒鳥，原本應該晚上才出現的。顒鳥天性膽小，這隻會被捉到，應該是翅膀受損沒辦法躲藏。顒鳥會發出『噰噰噰』的聲音，就像在說自己的名字。傳說中，顒鳥出現，也是要發生旱災了。」

先是鱒魚、接著顒鳥，還有龍叔毛叔上山找水源，難道真的要發生旱災了？「誰知道呢？天地萬象瞬息萬變，假如大家都認為大旱將至，那麼就很可能成真。」

我可不希望旱災來報到，家鄉有一年雨水不豐，收穫欠佳，連我這個小孩子都覺得日子跟往常不一樣。那年冬天還下了大雪，整片荒廢的田都被雪密密的封著，我那時想著，要是新的一年田裡還是乾旱得種不出東西，爸爸和爺爺大概就要離鄉工作了吧？幸好第二年立春一過，雪水融化，原本長不出東西的田，冒出綠綠的雜草，大家才鬆了一口氣。

師父的擔心似乎都有些未卜先知，幾天過後，師父的老朋友，縣官李其來拜訪，他步履蹣跚，走進來還喘著氣，就已經急著攤開手上的畫紙說：「之前聽說有人抓到奇珍異獸，都往您這兒送。您看看送到我那邊的……」

畫紙上是一條看起來惡狠狠的蛇，三角形隆起的頭，有兩個圓溜溜的眼睛，蛇頭吐著信，順著頭往下的身體分岔，這是條有兩個身體的蛇。

「一群樵夫在山上看到的，說這條蛇一點也不怕人，擋在路中間不讓路，後來只好繞路而行。他們聽過楚國令尹孫叔敖的軼事，回來之後一直心神不寧……」

孫叔敖的故事我知道，爺爺說過。傳說見到兩頭蛇的人很快就會死，小小年紀的孫叔敖，雖然心裡害怕，但是想到別人若是看見了也會死，所以自己一個人打死蛇，並且把蛇埋好，這個舉動讓人看到他的仁義。

「這不是兩頭蛇，這是雙身蛇，叫做肥遺。」

「我也看出牠們不同，但是，境內出現雙身蛇，難道是代表……」

「是的，也是國將大旱的徵兆。」

李其縣官憂慮的問：「先是鱄魚、顒鳥，現在又是肥遺，就算天不大旱，人心也已經惶惶然了。」

「人心惶惶嗎？這不難治。」師父要我拿出筆墨，他在紙上一邊畫一邊說：「你發出告示，說找到這樣的奇獸……」師父指著其中一個，看起來就像是一隻猴子。「這是四耳猴，名叫長右，我很久之前看過，牠們總是成群結隊出現在深山裡，叫聲就像人們齊聲吟唱一樣，出現長右，代表境內會有大水。」

一隻四耳猴的出現，會引來大水？我的疑問還沒得到回應，師父已經指著另一隻，那是一隻奇怪的鳥兒，只有一隻眼睛、一隻翅膀，這樣還算是鳥兒嗎？「這隻叫蠻蠻，生長在水邊的水鴨，牠們只有一隻眼睛一隻翅膀，所以要兩隻並在一起才能飛起。相傳出現蠻蠻，也是天下大水的徵兆。」

李其縣官笑開了：「我懂我懂，單單只出現長右，人

們可能還不太相信；只要有蠻蠻現蹤，那麼就非信不可了。只是，因為出現大旱徵兆，找來幾種有大水徵兆的異獸，雖然可以破解人們對『大旱』的驚恐，但水災旱災都不是人們喜歡的。南山先生，這您有解嗎？」

「有有，你還得再貼一張告示，」師父又拿了一張紙，開始在上頭畫了一隻大狗，這隻狗頭上長了一對牛角，身上有花豹般的花紋。「……告示上只要說，有人在玉山附近看到這種豹紋牛角狗，縣府裡想豢養，打算重金懸賞，請找到的人抓來，這樣就可以。」

「這是什麼？」

「這叫『狡』，長相跟狗一樣，連聲音、食性都一樣，狡一出現，當地就會五穀豐收。」

「呵呵，您真是高招，我就這麼做好了。這幾張圖就是『藥方』，一定能讓人心安定。南山先生，您功德無量

呀！」

李其縣官帶著這幾幅畫下山，看他的步履，似乎輕快多了，師父的臉上也有輕鬆的神情。

這我就不懂了。

那三個異獸，根本就只出現在紙上，這樣也能改變什麼嗎？如果人們因此沒做好準備，真的發生旱災了，怎麼辦呢？我著急的問師父，師父卻笑吟吟的說：「大旱、大水都操之在天，人們能做的就只有盡力的做好本分。現在事情都還沒發生，卻已經人心浮動，那才是大災難。所以，我給的方子，一定管用的。」

四．密山來的客人

一眨眼，我來這裡已經好幾個月，原本瘦瘦的身子，似乎長了些肉，原本剛好長度的褲子，現在短了一截。師父請附近的吳嬤嬤幫我做棉襖棉褲，吳嬤嬤還說：「南山先生，你的『孫子』長得真俊，跟你有點像啊！」師父呵呵的笑著，我也跟著笑了。

山上的時間過得特別快，似乎沒多久前，一群群的大雁才剛飛離，這幾天已經下了第一場雪。皚皚白雪在周圍鋪上一層白毯子，天氣變得很冷，還好師父在屋子中央的天井升了一個大火盆，整個屋子都暖洋洋的。冬天一到，上山的人更少了，這麼寧靜的時光，師父說：「可以練習

更多炮製藥材的方法。」以前在家裡的時候，我最喜歡看我娘在廚房裡忙上忙下。來到這裡，我常看師父整理藥材，發現跟做菜還真有點像。

這幾個月，我做的最熟悉的工作，就是把新鮮的藥材洗去泥沙、曬乾，切成塊狀或片狀，或者用石臼，把堅硬的木頭、玉石、泥土打碎。師父說這是最基本的功夫，別看把東西切塊這件事情，每塊的大小、厚薄最好都差不多，因為不論之後要蒸過煮過或者炒過，處理得好的材料，可以讓後續炮製的過程更順利。這個道理我知道，我在家幫忙做饅頭的時候，有一次淘氣的把饅頭揉成像個小南瓜，娘說這樣蒸不熟，我偏不信，結果掀開蒸籠的時候，這個特大的饅頭還真的沒熟透。

天氣冷，師父搬出大炒鍋，他說先從最簡單的清炒炮製開始學起。

師父說，很多植物都可以入藥，但隨著病症不同，入藥的部位也會增減。拿梔子這種植物好了，整顆山梔子果實，可以泄三焦的火熱，要是有人發熱、發炎、出血，都會用到這一方。發熱的原因不同，有時會特別叮嚀要用到整顆山梔子、還是只用外皮或果仁。新鮮的山梔子是一種療效，碾碎入鍋炒，又有不同的療效。即便炒過的，還會因為炒的程度不同，又會用到不同的症狀。「同一個大鍋炒，用文火炒到金黃色，用武火炒到焦棕色，效果都不一樣。」師父說得真有趣，炒藥材跟炒菜可真像，我忍不住問：「要是炒得過頭，變成黑炭呢？」

我想到的是，有次娘要做山楂糖葫蘆，我負責看爐子，結果我貪玩，離開了一會兒，回頭聞到濃濃的糖味兒，趕緊回到火爐前，那一鍋糖已經變成焦炭，糖葫蘆也做不成了。我想，炒焦的梔子，一定也像炒焦的糖一樣，只能倒

掉了吧？沒想到師父說：「炒到焦黑，那就是梔子炭了，也能入藥，藥效稍有不同。」

單單梔子這種植物，就能炮製出不同的藥材，我有些發愁，不知道要學多久才能學會。師父沒看懂我的擔心，還這麼說：「梔子還有很多炮製的方法，假如先用不同汁液去拌勻浸潤，之後再炒，能炮製出蜜梔子、酒梔子、鹽梔子、薑梔子、甘草梔子……也都會用在不同的症狀。我會先從簡單的開始教你……」

炒鍋搬到天井，就在取暖火爐的旁邊，現在屋子裡更暖了，我的心也暖洋洋的，我知道師父是擔心我不習慣這天寒地凍，所以特別在這個時候教我清炒炮製法。

文火清炒，不時得翻攪一下，師父做一次之後，就交給我。外頭風雪正烈，屋子裡雖然很暖，我還是想著：「冬天還是趕緊過去吧，春暖花開的時候，就會有人來藥

鋪子，那樣多熱鬧啊！」我一邊輕輕的翻著木鏟，腦子一邊胡思亂想，想得太認真了，所以當外頭有人大喊：「南山先生，南山先生……」我還以為自己在作夢呢！

來的是有一陣子沒見到面的縣官李其，還有他帶來的六個僕役，每個都挑著擔子，擔子裡都是蔬果食物。

「您這裡多了個小徒弟，我擔心東西不夠，看看今天來路能通，所以就上山來看看您了。」

師父問起上次那些「藥方」，效果怎麼樣，李其縣官立刻笑開了：「南山先生，我說這真是高招，以前諸葛孔明巧用空城計嚇敵，以寡擊眾，您這是『以虛擊實』，還真的收到神效。」

那時，李其縣官回到縣城之後，果真先後發布了兩則告示，一則先說已經捉到長右和蠻蠻，另一則隔幾天公布，說有人在山上看到狡，縣府要重金懸賞。許多人知道，

看到肥遺、鱄魚、顒鳥是大旱的徵兆，看到長右、蠻蠻是大水的徵兆，這會兒兩種都出現了，怎麼可能又是大旱又是大水？這一定有哪個地方弄錯了。所以，當重金懸賞狡的告示出來，果真原本浮動的人心全都穩住了。

「南山先生，您相信嗎？還真的有人送一隻『狡』給我，他們是我在密山的朋友。」

師父驚訝的問：「當真？連我都沒親眼見過狡，你真的養著？讓我去看看吧！」

李其縣官哈哈大笑：「狡不就是豹紋牛角狗嗎？我那朋友最愛開玩笑了，他找了一隻黃毛大狗，用炭灰畫上豹紋斑彩，之後又剪了一對小牛角，用熟糯米拌上牡蠣粉，硬是黏在狗頭上，替狗生出了角，這麼以假亂真，就想來跟我討賞金，當然一眼就被我識破了。不過，我將計就計，在縣府林園的一角，煞有介事的造了一個雙層獸籠，

圍著獸籠挖了一圈水道，又種了一些矮樹，再圈起欄杆。好奇的人可以自由進來觀看，當他們隔著欄杆、隔著矮樹、隔著水道、再隔著兩層獸籠，看到的就是他們想要看到的祥獸，有『豐年大穰』吉兆的『狡』了。」

原來是這麼一回事，連我也聽懂了，這對朋友可真頑皮呀！

「我這朋友真是厲害，找來的大黃狗精力充沛，無論誰靠過來，都會搖著尾巴

大聲吼叫。黏在頭上的角可能讓牠有點癢，牠不時用頭磨蹭著籠子，低吟吼叫加上角撞籠子，看起來威武極了，沒有一個人懷疑這不是『狻』。看過的人心安了，該耕田的耕田，該鋤草的鋤草，就算缺水了，不是把井挖深一點，就是把溝渠清理得乾淨一點，再不然就是把水管檢查一下看看是不是哪裡漏了……沒人往乾旱的方向想。」

師父那幾張圖，雖然不是真的什麼藥方，卻真正發揮了妙用，為了感謝師父，再加上天寒地凍擔心山上的狀況，所以李其縣官特地上山一趟。

六名僕役，十二個籮筐，裡頭都是滿滿的食物、肉類，

冰封的天氣，藥鋪子外頭的院子有個地窖，師父要他們把東西放進裡頭。只是，李其縣官指著其中一個籮筐說：「我那些密山來的朋友，只是愛開玩笑，絕非等閒之輩。他們一看到我的告示，就知道我打的算盤，所以不但替我準備了那條大狗，還給我帶來這些密山的特產。我知道您除了採集藥草，也會試種，看看這些東西能種得活嗎？」

那個籮筐打開之後，裡頭有幾樣東西，李其縣官先拿出一個紙袋，裡頭有幾顆鵪鶉蛋大小的紅色果子。

「朋友說這是丹木的果實，密山山上有許多丹木，它的葉子是圓形，莖是赤紅色的，會開黃色的花，之後結紅色的果實。結實纍纍，果肉甘甜，吃了就不會餓了。」

吃了不會餓的，那和師父第一次給我們的祝餘草一樣嗎？我湊上前去，李其縣官給了我一顆，小小的果實，就像個棗子。「吃吃看吧！」我咬了一口，發現這個小小的

果實，味道像蜜糖一樣甜，香氣撲鼻，真是好吃，我小小口的咬著，捨不得一下子吃完，且不管是不是真的吃了不會餓，但吃這個跟嚼祝餘草的心情完全不同，嚼祝餘草覺得自己像頭羊，這丹木果又甜又香，吃起來就像人在天堂。

「您看看這能種得活嗎？」

每個果實吃完，裡頭有個大大的果核，不是只要有種子就可以種出東西嗎？為什麼李其縣官這麼不確定？

「我還得到這個東西……」李其縣官小心翼翼的捧出一個瓦罐，打開之後，裡頭是乳白色的液體，透著奇特的香氣，那液體有些黏稠，又閃著耀眼的光芒。

「喔，你竟然能拿到這個東西，這是『玉膏』！」師父真是見多識廣，他說：「密山長滿了丹木，有條河叫丹水，丹水流經的地方出產純淨的白玉，河水日復一日的流過白玉河床，於是有的地方就會湧出『玉膏』。這玉膏是

寶物啊，傳說中皇帝都曾拿玉膏服用，吃了據說可以長生不老。」

「是啊，玉膏跟丹水並出，已經很難萃取出來。聽說若是玉膏湧泉流灌的丹木林，那兒的丹木會產生質變。五年之後，一棵樹上會長出五種顏色的鮮豔花朵，會有五種味道完全不同的香甜果實，那樣的丹木果，不僅吃了不餓，連身上病痛都會消失。假如能種出那樣的東西，那該多好，百姓個個健康長壽，這世間不就沒煩惱了？」

師父笑著說：「那我這藥鋪子還開得成嗎？乾脆收起來好了。」

「您又不靠這個賺錢，人就算長命百歲，也會有其他的病痛啊！」

「假如是惡人也長命百歲，是不是更讓人受苦呢？」

師父這番話，讓李其縣官馬上說不出話來。

「我說不過您，看來還是別長命百歲的好。您看看是不是能種出丹木果，萬一以後真的鬧了饑荒，也許派得上用場呢！」

傍晚過後，山上突然下起大雪，雪一直下到第二天的中午。雖然之後天氣變好了，但是厚厚的雪把山路整個封住了，所以李其縣官一行人一共七個，乾脆統統留住下來。

那幾天真是熱鬧極了，幾個僕役的年齡比我大不了多少，他們陪我玩雪、帶我到樹林找雪兔，我們還在外頭烤樹薯。我沒有兄弟姊妹，這幾天覺得自己好像多了六個大哥哥。

他們住了四天。

離開那天，冬陽暖暖風雪全無，是個晴空萬里的好天氣。我已經漸漸習慣站在山上目送朋友下山，雖然有些小小的傷感，但是我知道，也許某一天，他們的身影會再度出現。

師父似乎看到我的失落，他清了清嗓子問：「小難，你要不要幫忙種丹木果？」

當然好，這丹木果滋味這麼特別，就算沒什麼神效，只是當水果吃都好吃。假如種植成功，以後我回家鄉，種出一個丹木林，讓更多人可以嘗一嘗這種果實，那該多好。

「我可以，師父。要我現在就挖個洞，種下果實嗎？」

「別急別急，現在假如是秋天，直接埋進去，來年春天就發芽了。現在是冬天，泥地都凍著，種子種下去也會凍僵。你要先把果核泡水，每天換一次水，把上面殘存的果肉除去，這樣換水浸泡大概七八天，再把外面的硬殼除去，再讓裡頭的果仁發芽……」

原來這麼麻煩，看來，我這陣子又有新功夫要好好學了。

五．游婆婆的煩憂

從第一聲雷鳴開始，天氣變暖了，春天的腳步近了，這是我第一次看到招搖山的春天。這裡的春雨就像家鄉一樣，說來就來，說停就停。師父交給我很多需要曬乾的藥材，所以我一看到天氣有放晴，就開心的在院子裡鋪上氈布，打算曬東西。但常常是才過沒多久，突然就淅瀝淅瀝、劈里啪啦、轉眼颳風下雨，害得我得手忙腳亂的收拾。看到我慌張的樣子，師父說：「小雛，今天已經收第三次了，你太勤快了！」我愁眉苦臉的說：「早上天氣明明很好，怎麼馬上就變了。」

「小難，現在是春天，春天天氣本來就是這樣。算了，最近幾天別管那些東西了。」

雖然師父沒有責怪我，但我還是懊惱得很：「這樣要曬到什麼時候才算好呢？那些剛打了雨水的藥材，會不會壞掉啊？假如雨一直下個不停，那該怎麼辦啊？」

「你一個小孩子，怎麼這麼多煩惱？難道我也得給你找一些賓草嗎？」

賓草？

「我記得我們還剩下一點，我看真的得給你一些了。」

外頭的雨嘩啦嘩啦的下，師父翻身跳上百子櫃，輕輕的踩踏聲比雨聲還小，我看著師父俐落的身影倏地躍上又落地，他的手中多了幾片的枯葉。「這是賓草，它葉片大而厚實，像個心形，吃了它可以消除憂愁。」

我聞一聞這幾片葉子，即便已乾乾扁扁的，但是還是透著一股淡淡的味道：「師父，這味道有點像是大蔥啊！」

「賓草的氣味就像是大蔥，可以做菜又有藥效，新鮮草葉就可以直接吃，效果更是顯著。曬乾後效果差一點，但還是能用。你要是一直擔心明天會不會又不能曬東西，就當成茶葉泡水喝吧！」

我壓根沒有想過自己到底是不是老是發愁，但看到師父這麼慎重其事，我反而開始好奇：「師父，既然新鮮比較有效，為什麼您不直接挖幾棵種在這兒，這樣不是更好嗎？」

「這可沒辦法，賓草只能在崑崙山生長，很久以前，

那時我還沒離開家鄉，為了幫游婆婆治病，著實費了好大一番功夫。」

我們村子裡那位，總是笑得像彌勒佛的游婆婆？我疑惑的問，師父馬上點點頭，這怎麼可能呢？游婆婆應該是我認識中，最樂天知命的人了，她的手很巧，會用碎布做些小玩意兒送給孩子們，還會做許多好吃的點心，只要我們圍在她身邊，總是有聽不完的故事。她總是笑咪咪的，村子裡的人都喜歡她，連爹和娘都說過，有什麼煩惱的事情，找游婆婆聊一聊，煩惱就能煙消雲散。

「游婆婆一直都能笑容滿面嗎？沒想到賓草的效用能延續這麼久，都已經快……快二十年了吧！」

我纏著師父，想聽聽到底是怎麼一回事。

游婆婆是個寡婦，也是村子裡的女紅最厲害的，又會繡花又會做衣服，誰家的姑娘想學本事，假如自己家裡學不了，就會送到游婆婆家。靠著一身好手藝，拉拔大五個兒子，個個都成家立業，也都對游婆婆很孝順。原本的她每天過著知足自得的日子，直到有一年，其中一個兒子上山工作沒有回來，連著幾天都沒有消息。村子裡的人幫忙找，找了好一陣子，什麼都沒發現。一個好端端的人，在山上失去了蹤影，有人繪聲繪影的說，這個人應該是被強盜綁走，不知道送到哪個海島做苦力了；也有人說，游婆婆的兒子得罪了山神，所以被山神抓走了。這些傳言讓原本就不多話的游婆婆，變得整日愁容滿面。

她的家就在山腳下，每天看到有人上山工作，她就開

始叨念著，擔心這些人也會像兒子一樣回不來。一開始她只是在家裡念著念著，後來，只要天氣好，她就會走出家門，到入山處等著，看到有人經過，就好聲的勸說，要人們別上山了，還是回到家裡安全。可是，要工作的人們，怎麼可能說不上山就不上山呢？人人都知道她家發生事情，沒有人忍心點破，大家只好繞道而行，盡量不經過她家附近那個登山口。

游婆婆看到上山的人變少了，以為大家聽從她的建議，心裡覺得很安慰。大家以為她會漸漸淡忘，沒想到她開始覺得自己的眼睛能看到還沒發生的災禍，為了防範未然，她開始苦口婆心的勸導大家，自以為是的主動關心別人，這樣的變本加厲，讓大家開始有點受不了。

一開始，她只是嚷嚷而已，比如說，下午過後，天空只是飄來幾朵烏雲，空氣中還嗅不到一絲雨的氣息，她就覺得等會兒一定會下起大雨。她開始挨家挨戶的跟大家通報這個消息，要大家趕緊收衣服、收稻穀，要大家盡量不要出門，免得雨勢越來越大，變成大雷雨，後果會不堪設想。有小姑娘來學繡花，學不好笨手笨腳的哭了起來。以前游婆婆會很有耐心的教，現在她的說詞變成：「繡花這麼簡單，妳怎麼就學不會呢？我已經教了這麼多遍，妳都還不會，以後有誰能這樣教妳呢？將來家裡要做些什麼東西，妳都不會怎麼辦，難道就不要嫁人了嗎？妳這麼丁點的挫敗就掉眼淚，以後妳的日子怎麼辦，不是要過得更淒涼了嗎？」這些話，把很多膽小又內向的小姑娘統統嚇得不敢再來了。

假如鄰居有人跌了一跤，她會趕緊上前關心，叮嚀對方一定要怎麼治療，一定要怎麼休息，否則很快的傷勢會越來越嚴重，最後可能就失去了性命。有人蓋了新房子，

歡歡喜喜的邀請大家去作客，游婆婆也受邀前往。只是別人說的都是好聽的話，只有游婆婆東看西看，開始叨叨絮絮的叮嚀：「這個大門正對著前方道路，道路是直的，門的方向不好，要趕快改掉大門方向，否則住在裡頭的人會遭到厄

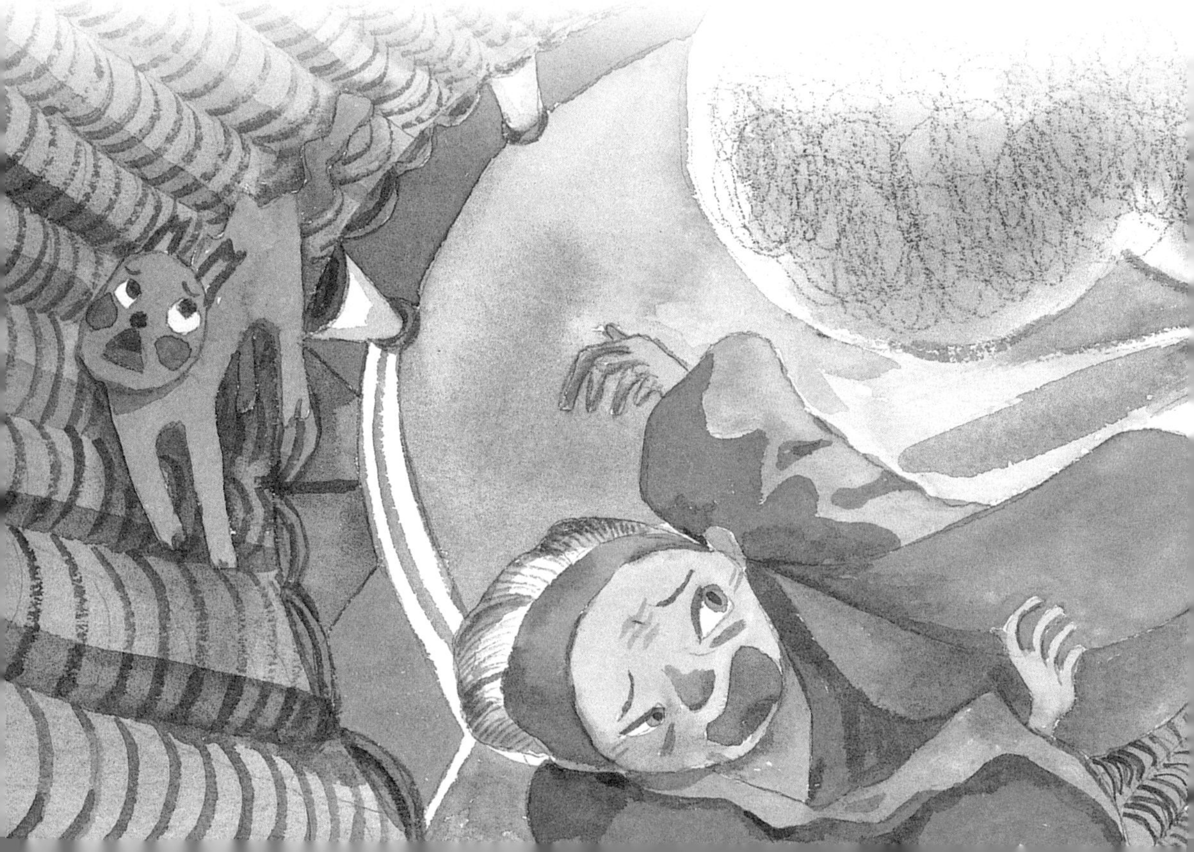

運……這廚房生火處離柴火處太近，還是趕緊移開柴火處，否則一有星星之火，整間屋子都會被燒掉，新房子被燒了多可惜……」這番話聽起來像是關心，但主人聽了臉都沉了下來，哪有人在人家新屋落成的時候，送上這麼不吉利的話！

村子裡的人大多心地善良，想到游婆婆是因為遭遇了兒子失蹤的打擊，才變成這樣，大家都很同情，雖然她說話很不得體，大家也都不忍直言頂撞。只是為了耳根清淨，能不邀請她到家裡就不邀請；能避開就盡量避開，連帶著想讓女兒學繡花的人，也不想把女兒往她家裡送。師父說，大家不勝其擾，私底下幫游婆婆取了個別號——憂愁婆婆。

原本以為這樣就相安無事，沒想到游婆婆居然開始憂慮一件不可思議的事情——她擔心天要塌下來。

大概是某一天，游婆婆在外頭散步，那天的天氣特別的好，晴朗的天空，只有些許棉絲般的雲。游婆婆盯著天空，看了老半天，她從那幾片雲中，突然覺得自己看到了奇特的現象，她驚慌的說：「天要塌下來了，天要塌下來了！」天性熱心的她，還把這個消息告訴左鄰右舍，要大家趕緊找東西護住頭，並且挖地洞躲起來。

聽到的人，知道她的毛病又犯了，每個都想笑又不忍心笑。從盤古開天闢地開始，天就高高在上，從來沒有人看過天塌下來，也沒有人認為天真的會塌下來。家人和鄰居都好聲好氣的安慰：「不會的，天不會塌下來，您放心

好了。」但是游婆婆還是驚慌得不得了，她很篤定的說：「不會錯的，那幾道雲像布匹上的裂縫一樣，我做裁縫的不會看錯，那裂縫只要一變大，天就塌下來了。」還好，那天中午過後，那條狀的雲就看不到了，她悻悻然的說：「天上可能正好也有裁縫，把那個裂縫補綴好了。」雖然那天她暫且不提天要塌下來的事情，不過，游婆婆變得更是緊張兮兮，整天不是抬著頭盯著天上，看看天上是不是又出現了什麼「裂縫」，就是低著頭屋前屋後的檢查，看看除了天出現裂縫，「地」是不是也岌岌可危。

看到游婆婆成為徹頭徹尾的「憂愁婆婆」，村子裡的人都不忍心，於是找上了當時還在家鄉照顧父母的師父。

「我聽說在遠方有座崑崙山，那裡有個種著奇花妙草

的園圃，是天神在人間的住所，一隻九條尾的人面老虎是當地的山神，『賓草』就是種在那兒的植物。聽說山神不喜歡人靠近，一般人很難進崑崙山，更別說想把山上的東西帶走。當時我費了千辛萬苦，虔誠的跟山神溝通，說自己除了醫治游婆婆，絕對不會趁機圖利，後來我帶回三株。因為沒真正見過這種草藥，看它長得真的很像是菜園裡的青菜，就直接拌著雞蛋炒一炒。游婆婆吃了三次，再也不會愁容滿面，又是原本安貧樂道、知足常樂的模樣了。」

我看著那幾片枯葉，對葉子能使人產生的改變半信半疑。師父以為我還在擔心，他說：「小難，你不是也正在煩惱嗎？就剩下這幾片，你快快去泡茶喝看看。愁思不

展，外表暫時是看不到什麼，但久而久之，鬱滯思緒會引起五臟氣亂，那就真的難治了。」

只剩這幾片枯葉，再加上師父說崑崙山的植物移植別處，就很難存活，那麼以後若是有人的症狀如同游婆婆，老是容易受外界影響，心思總是無法開懷，那怎麼辦呢？

「這你別擔心，只有崑崙山的奇花異草別處長不了，其他的還可以，不周山的果子也有相同的效果。崑崙山西北方，有座看起來剩下一半的不周山，傳說是當年那個人首蛇身共工氏，一氣之下撞壞一半的山。那座山上只長著一種果樹，葉子像棗葉，春天到了開著黃色的花，花瓣裡頭有紅色的花萼。秋天到了，果實成熟了，果子多汁可口，模樣像桃子，吃了也可以讓人忘記煩憂，我們這兒也

有一棵。」

我知道那棵果樹，去年秋天也吃過好幾次，只是，我一直以為那是品種不同的桃子呢！我想了很多，我都已經吃過不周山的果子了，為什麼還有壞心情？我的憂愁煩悶，難道真的只因為天氣嗎？還有什麼原因讓我失去之前的平靜呢？

六・西山牧馬人

師父的藥鋪子在招搖山的南側半山腰，只有一條路彎進裡頭，周圍是濃密的樹林，我剛來的時候，以為這裡人煙罕至，與世隔絕。在山上待的這幾個月，我跟著師父到處採藥、踏察，偶爾也有人從不同的地方過來請教師父，我才知道招搖山還連著一座又一座的山，每座山就是一個在海上的島，山與山之間、島與島之間，是大大小小的水域，靠著小船就可以暢遊。

我對這裡越來越熟悉，師父開始放心的讓我自己出去，或是附近村民臨時需要人手，師父也會叫我過去。那

天，龍叔家要種樹，我到他家幫忙一整天，回來時發現藥鋪子都是人。

一個正用木盆子泡腳的大叔說，他們是西山來的牧馬人。

西山群有好幾座山，山上有肥美的牧草，那兒有許多人，世世代代養馬。西山牧馬人引以自豪的就是，相傳他們天生懂得馬語，知道馬需要什麼，可以為馬提供最合適的水草，養出來又高又壯的馬，黑得像烏木紫檀、棕得像玳瑁瑪瑙，每匹都可以成為愛馬人的珍寶。他們是一群跟著馬繞著西山群跑的人，應該是陽光又開朗，這會兒怎麼個個愁苦著臉，而且怎麼統統跑到師父的藥鋪子來了呢？

藥鋪子裡人多，幾個僕役大哥哥忙進忙出，他們是李

其縣官那兒來的。看到我，有個大哥哥對我擠著眼睛：「託你的福，我們才能到這裡透透氣。」因為人是李其縣官帶過來的，來的人太多，我又不在，師父就請這些大哥哥留下來幫忙。

整個藥鋪子裡水氣氤氳，一個個小木盆裡放著藥湯，來的人有的正在泡腳，有的正在泡手。我看到他們的手腳，長出奇怪的疹子，看起來像被成群結隊的蚊子叮咬，密密麻麻的，有些嚇人。我知道有很多原因會造成疹子。師父說過，時節越接近清明，雨水濕潤，蟲類繁衍滋生，許多人在外頭活動，在草地上打滾、赤腳走在泥土地上，都可能招惹到這些東西。有人太陽曬得太多太久，有人吃了不恰當的東西，有人被毛蟲蜘蛛叮咬，這都會讓身體起

疹子。

我沒看到師父，在屋子裡轉來轉去，這時，看到在大廳另一側正在跟一位大叔說話的師父。看到我走過去，師父跟大叔介紹：「我徒弟，小難，他也會幫忙張羅。小難，這是西山牧馬大戶徐師父。」師父桌上有幾張紙，紙上畫了幾樣東西，也寫了好多的註記。我趕緊叫了一聲：「徐師父好！」然後到一旁幫忙僕役大哥們蒸煮藥水，這時，我聽到徐師父跟師父的對話。

今天到藥鋪子的一共有十七位牧馬人，他們出疹的症狀長在身體不同的部位，有的長出尖頭、快要化膿，有的平坦一片、連綿不絕，共同的特點都是奇癢無比。徐師父說，這些人不是住在一塊，他們分布在西山山系的幾座不

同山區，但是發疹的時間很接近，大家都記得，那一天，正是春雷乍響，霎時驟雨來到，雷聲轟轟，牧馬人知道大雨時該怎麼躲雨。幾乎同一個時間，一個轟天大雷從天而降，像一個大罩子一樣壓下來，觸目所見之處，那一剎那幾乎全然寂靜。有的牧馬人還說，當雷雨過後，他們從躲避的山洞走出來，還可以聞到空氣中微微的毛髮燒焦味道。

山中遇雷雨，這是每年都有的經驗，既然是在山區牧馬，所以也就見怪不怪，只是那天的雷聲太響亮、閃電太強烈，所以每個人都記得。因為當雨停了，大家從躲避的山洞裡走出來，就是從那時候開始，沾到雷電轟過的草叢、溪流、雨滴，皮膚就開始癢了起來。越是忍受不住去抓，蔓延的部位就越來越廣，本來以為只是小問題，有天大家一問之下，發現好多人都有同樣的狀況，許多人塗抹一些之前有效的草藥膏，這次也完全沒效。

我看他們泡的都是簡單的乾桑葉、艾草葉、菊花之類的，頂多只有舒緩的作用，師父似乎沒有積極的為他們治療，這是怎麼一回事呢？在我印象中，只要上門來的病人，師父總會給予適當的治療，從來不會讓對方失望，這次是因為人太多了嗎？還是他們的狀況真的太棘手，連師父也無法處理？

我的疑問很快就得到解答，我看到師父一邊畫一邊跟徐師父說：「我記得幾年前曾到你們那兒去，你們西山地區有座錢來山。」

「南山先生真是見多識廣，我們的錢來山名字取得不好，那個『錢』讓許多人乘興而來，敗興而歸。很多人來來去去的，離開的人總以為只是自己這次運氣不好，下次就可以挖到寶；剛來的人又認為是別人運氣不好，自己一定可以有好一點的機會。雖然沒人挖到黃金還是什麼的，來的人總是一波又一波。整座山別說錢了，連個鐵都挖不到，真的是受盛名之累。」

師父笑著說：「這我知道，我聽你們那兒的人說過。之所以喚山錢來，是因為這座山直入雲霄，山上終年雲霧縹緲，從山下往上看，看到的是雲環繞著山，彷彿群龍守護。又因為雲彩跟錢幣上的龍圖騰極為相似，所以把山喚作『錢來山』。」

「正是正是，我們也是跟來的人這麼說，可是很多人寧願道聽塗說，不願意聽真話。假如大家都像先生這樣明白事理，就不會有人帶著想挖寶的心思到我們那兒了。試想一下，假如叫做『錢來山』的山，就可以找到寶，那還輪得到外地人來挖嗎？我們自己人早就把那座山上上下下徹徹底底的挖個痛快了！」徐師父說完忍不住哈哈大笑。

師父攤開自己的手掌，上頭有顆黑石頭，大概是半顆雞蛋這麼大，他說：「是的，雖然山因為雲霧而得名，但是我之前踏察，發現山上遍植的千年古松，樹下布滿這種黑色石塊，那可是寶啊！」

「寶？那不就只是石頭受到松脂浸染，顏色慢慢變黑

嗎？滿山都是松樹，每一棵松樹底下都是這種黑色石塊，假如真的是寶，怎麼可能還留在那兒！」

師父說：「不是只有金銀財寶才是寶，世間萬物，樣樣都是寶。比方說，假如有個人走在荒漠上，只有水喝，沒吃東西，如此這般已經熬了七、八天。就在他肚子極餓，筋疲力盡，已經氣如游絲。這時候，一個饅頭和一錠黃澄澄的金元寶要送給他，但只能選

其一，你說這個人該選什麼呢？」

師父這題可真讓人為難。我沒見過金元寶，只看過奶奶藏著的碎金子，像幾顆小黃豆。平常時候當然選金元寶，誰要饅頭呢！但是這個人已經好幾天沒吃東西，再不吃點東西，他可能就要沒命了。我心裡忍不住懊惱，這個人怎麼不隨身帶點吃的東西，假如他一點都不餓，不就可以毫不遲疑的選金元寶了嗎？

「……饅頭……」徐師父頓時語塞，他一定覺得自己說的這個答案，並不是他真正想要的。

「這就對了！錢來山上古松下的黑石頭，並不是被松脂沾染，它原本就是黑的，那是一種叫做『洗石』的石頭……」

「對對對，這種石頭滿山都是，頂多就是雞蛋這麼大，一點也不稀奇。難道，您要我們用石頭入藥？還是用石頭煮湯？」

「不不不，我要你們找幾塊石頭，沐浴洗澡的時候，用石頭摩擦身體……」師父這番話還沒說完，我看到徐師父張大了嘴巴，驚訝得下巴都要掉下來了。

「你聽我說，貴遠賤近是一般人的通病，難怪你會覺得不可思議。幾年前我到錢來山時，曾在河邊跌了一跤，手上沾滿了泥巴。當我就近去洗手時，發現河水旁的洗石，顏色變得特別透亮，我好奇的拿過來把玩之後再去洗手，竟然發現洗過的手特別的乾淨，原本酸痛疲憊的感覺似乎也消失了一些，當時我也覺得不可思議。後來我帶了幾塊回來研究，發現洗石還真的有這種奇妙的效果。假如雙手凍傷、起疹子，用洗石洗一洗，會好得很快。所以，對你們來說，要治好皮膚上的疹子，得先把皮膚上的風邪惡毒去除，你們回去就試試看。」

即使師父詳細的解釋，徐師父還是搖著頭喃喃自語：

「只要石頭就好？」

「是的，連一毛錢也不用花，就是拿洗石洗身體，最

多半個月，你們的疹子都會好起來。」

「南山先生，那我立刻跟家鄉的牧馬夥伴說這個好消息，原本以為要花很多錢和很多時間醫治，沒想到這麼簡單。」

「等等，你們許多人已經拖延太久，皮膚就算疹子、潰爛轉好，也會有好一陣子不舒服。所以，你們還得找一找錢來山這種異獸……」

師父攤平桌上已經畫了東西的紙張，上頭一隻全身毛茸茸留著鬍子樣子像羊，卻又長著馬的鬃毛和尾巴的動物，那張臉又像羊又像馬。

「這叫『羬羊』，你一定見過吧？你回去之後，盡量多抓幾隻。」

「見過見過，這種馬尾羊因為喜歡吃松子，錢來山滿山都是松樹，牠們有吃不完的松子，所以常看到。您難道要我們抓這種羊煮湯來喝嗎？這羊味道太羶，曾有人捕捉之後烤來吃，幾乎是作嘔三天啊，所以即便是時時可以看到，但從來沒有人想捕捉牠們，這也算是無用之用了。」

「不不不，我要你們抓牠，不是要你們吃牠。這羊極為奇特，厚厚的羊毛有豐富的油脂，你們盡量多抓一些羬羊，剪下牠們的毛，將毛浸泡之後提煉、除去雜質，可以得到乳白色的羬羊脂。假如喜好香味，可以兌一些松脂進去，用這個擦在身上，疹子不但好得更快，皮膚還能更加光滑。羊毛煉脂步驟簡單，我可以教你們，很快就可以學好。再不然，我這徒弟也已經熟悉煉羊毛脂的方法，你們

要是學不會，我可以讓他跟著你們回去，大概教個幾次，你們就可以自己煉製。日後若再遇到皮膚受到風邪，都可以緩解不適。」

「南山先生真是神醫，這次太多人長疹子，我們一直以為是怪雷引發天地巨變，以為我們是沾染了什麼怪病，以為一定要跋山涉水才能求得良方。沒想到真正能治好我們病症的藥材，居然就在我們住的地方，這可不就是『踏破鐵鞋無覓處，得來全不費工夫』嗎？」

「你說的是，通常真正的藥材，是不需要費心取得的。天地萬物總有奇妙的規律，一物剋一物，一物長一物，生生不息環環相扣，只看人們有沒有巧妙的去理解罷了！」

師父這番話我聽了好多次，在師父的想法中，只要有

一種病症出現，天底下就有一種治病的藥材因應而生。許多人不知道該怎麼治病，是因為他們從來沒有注意到事事物物的細節。

徐師父道謝之後，似乎又有些欲言又止。「南山先生……我們那天遇怪雷襲擊，人生了疹子，有些牧馬人的馬，也是長出奇怪的疹子……這馬是我們的身家，您幫馬看病嗎？我們也要用洗石幫牠們洗澡、用羬羊脂為牠們塗抹嗎？有人養了幾百匹馬，這要忙到什麼時候啊？」

徐師父原本好不容易開心一點的面容，現在又是皺眉煩惱。我想到那些粗獷的牧馬人，要拿著頂多像雞蛋一樣大的石頭幫馬匹洗澡，那畫面可真引人發噱啊！難怪徐師父要煩惱了。

「呵呵呵，徐師父，馬匹沒像人這麼容易多災多病，不用這麼麻煩，您平時牧馬，會到脆石山嗎？」

「會的，我們牧馬人都會循著一定的方向，西山華山山系大約有十幾座山，為了讓水草得以生養，所以每處都只待上一個多月。脆石山在錢來山西邊，大約三百多里，一般來說，大概每半年會經過那兒一次。」

「那就等人治得差不多了，你們先往脆石山上方向去吧！脆石山有條河水，河水裡有流赭，那是一種氣味特殊的紅土，你們把馬匹牽到河水中，讓牠們在水中泡一段時間，馬身上的疹子就會消退了。」

「太好了！」聽到不用幫馬群洗澡，徐師父的臉完全笑開了。

徐師父帶來的這批牧馬人在招搖山待了三天，他們非常認真的練習怎麼煉羊毛脂，所以我也沒機會到西山去闖蕩一番。他們離開時，特地留下兩匹駿馬給師父。

即使師父不斷推辭：「不用啦，這太貴重了，我在招搖山到哪兒都用走的，假如要出遠門，就請人幫忙，真的不需要好馬。」只是這番推辭之言當然是被徐師父說了回來：「您幫我們解決了大問題，真不知道怎麼感謝。我們還覺得沒特地準備禮物，只拿現成的馬送人有些不好意思，請不要嫌棄吧！」

師父推辭許久，最後還是收下了。

幾個僕役大哥哥帶著徐師父一行人下山，我知道這意味著師父的藥鋪子又要恢復原本寧靜的日子了。看著他們

離去的背影，我想著的是一個一直都無解的問題：師父覺得駿馬太貴重，但對牧馬人來說，這是最普通的東西；牧馬人覺得洗石和鹹羊是普通的東西，但是遇到疾病時，還非得要這種「普通」的東西不可。所以，怎樣的東西才算是真正貴重的東西呢？

七．無可奈何的君子

所有的人，都是在白天來到師父的藥鋪子，但是何平大哥，卻是在入夜後才來，那天晚上，我和師父已經吃過晚餐，院子的門已經關好，夜風颯颯，外頭的樹影搖晃。

這時傳來心急的呼喚聲：「請問是南山先生的家嗎？請開門好嗎？」招搖山的夜晚一向是很安靜的，這急躁的聲音讓人聽得也忍不住發急。什麼人會深夜上山？

當我們打開門，一個神情疲憊，看起來心力交瘁的年輕人站在外頭，一看到我們，那個人臉上的神情，明顯

的從緊張無助到放鬆，他背著自己一大落書和簡單的衣物，似乎打算來這裡住一陣子。他進來之後，還沒在大廳坐定，就開始娓娓道來。

「我叫何平，從北號山來……」何平大哥才剛要開始說，我就有十足的好奇。

北號山離招搖山有段距離，我聽僕役大哥哥說過那個地方。大哥哥說，他們曾經為了追捕逃逸的犯人，一路往東北，來到東山系列的北號山，那兒鄰近北海的海濱。當他們從山腳要往山上追捕逃犯，當地人卻這麼說：「不用追了，我們這裡的人除非必要，否則很少會上山去，他在山上活不久的。」原來，從山下往上看，蘢蔥蓊鬱的北號山，山上卻不是那樣的平靜。

相傳北號山的山上有一種怪獸，叫聲像小豬、有著跟

老鼠一樣的圓眼睛，頭是紅棕色的毛，長相跟野狼差不多，這種怪獸叫做「猲狙」。猲狙個頭不大，單單一隻看起來沒什麼威脅性，但是牠們是群體行動的動物，只要你看到一隻，那麼必定有幾十幾百隻在附近。牠們很容易飢餓，只要其中一隻撲向獵物，其他的會統統一擁而上，牠們什麼都吃，特別喜歡吃人。

大哥哥們因為得完成任務，所以還是膽戰心驚的上山，他們一路小心翼翼，但在半山上，聽到逃犯的尖叫聲——在懸崖邊上，一隻像大公雞一樣的鳥兒，有白色的頭，像老鼠腳一樣的細腿、還有像老虎一樣的尖爪子。逃犯和這隻大鳥面對面僵持，大鳥移動迅速，嫌犯左閃右閃想衝出去，連試幾次都無法如願。前面是長相奇特的怪鳥，後面是深不可測的懸崖，逃犯進退不得。說時遲那時快，大哥哥們正在想要不要衝過去抓人時，大鳥狠命一啄，人一個踉蹌墜落崖底，大鳥也跟著往下飛。

「人落崖底一定沒法子活命，所以我們只好空手下山。後來問了當地人，知道那種鳥叫『魐雀』，也是會吃人的。還好我們沒有逗留查看，不然魐雀吃完那個逃犯，會更有力氣，當牠再度飛上來，也許我們也要遭殃了！」

一座山居然有兩種吃人異獸，這種地方怎麼住人啊！不過何平大哥接下來說的話，更讓我嘖嘖稱奇。

他說他非得在深夜來求助，是因為自己只要一到白天，就會變成徹頭徹尾惡人。因為這樣的改變，害他經常不敢睡覺，只希望一直撐到天亮筋疲力盡再入眠。他這麼說：「只要我白天清醒的時間越短，那個狡詐可憎的我，就越少機會出現。」我只聽過有人自吹自擂，說自己多麼的好、多麼的厲害，從來沒人先做預告，告訴別人自己將是個壞蛋。

我心裡充滿疑惑，但是師父沒問，我當然也沒問。

師父安慰他先不用急，跟他說現在

他心緒激動，就算把脈也無法準確，既然來了就是這裡的客人，所以要他先在客房好好睡一覺。一聽到「睡覺」，何平大哥慌張的說：「不不，我不用睡，我真的不能睡。不然這樣好了，你們先休息，我幫你們打掃、整理或是有什麼粗活

雜事我做，我真的不用睡覺。」哪有客人這麼奇怪，對主人的要求居然是要幫忙做事情！師父笑了笑說：「我單看你的氣色，就知道你平時沒睡好，所以還是得等你睡飽之後我才好把脈，不然這樣好了……」師父轉頭跟我說，要我從百子櫃最下方把「定心丸」和「安神丸」各拿一丸出來。

除了膏滋，我最喜歡幫師父製作藥丸。師父藥鋪子裡的藥材，開了方子抓好藥之後，病人帶回家還得熬煮一兩個時辰，接著等藥湯稍微放涼才能開始服用，非常的費時。為了方便服用，師父將常備的藥方先磨成粉劑，用煉製過的野蜂蜜調合，之後加上芝麻香油，把蜂蜜藥粉做成像麵團一樣，最後搓揉成小丸子。師父說野蜂蜜甜而不膩，能讓苦藥變得容易入口，它是好用的黏合劑，

不但能讓藥丸成形，還有保健脾胃的功效。

定心丸和安神丸都是藥鋪子裡常備的成藥，何平大哥看到手上兩個幾乎一模一樣的丸子，似乎有點遲疑。「這可以讓人身心安頓，至少你可以睡得好一點，一切等明天再說吧！」我送上溫開水，讓何平大哥服下丸子，之後我們也回房睡覺。

隔天，何平大哥幾乎跟我們一樣早起，他跟師父拱手作揖，很有禮貌的道謝：「南山先生，難怪大家佩服您的醫術，昨夜是我這一陣子以來，第一次能心境坦然的熟睡，您的藥具有神效，不然您給我昨晚藥丸的方子，我就這麼幫自己做藥丸備著就好。」師父說：「藥丸只能治標，我等會兒還是給你把個脈。」吃過飯，師父一邊聽何平大哥說自己發病的情形，一邊把脈。

何平大哥說自己已經娶妻生子，平時教幾個孩子念書，是私塾的老師。因為時局不好，所以從沒想到外頭當官，寧願在家鄉看顧著自己的孩子。他教學生四書五經，注意學生的行為舉止，也總是嚴格的要求自己要行得正坐得端。只是，不知道從什麼時候開始，他發現自己心術不正，腦子裡生出的念頭常常讓自己也嚇一跳。

自己覺得自己開始心術不正？我看何平大哥面容平和、說話有禮、氣度從容，真的是人如其名，很難想像這樣一個謙謙君子，會怎樣的「心術不正」？

「我第一次發現自己不對勁，是在幫學生講解《道德經》的內容——生而不有，為而不恃，長而不宰，是謂玄德。這本來是老子對大自然深厚德性的詮釋，我本來應該教導學生如何敬畏自然，不要違背自然的規律，學

會尊重無上的法則。沒想到我脫口而出的，竟然是教學生如何與人爭權奪利、如何踩在別人頭上謀取地位、如何利用別人的弱點算計別人……我說得口沫橫飛，直到自己不小心把杯子揮落，哐當一聲才把自己驚醒。我看到學生目瞪口呆的看著我，趕緊推託自己受了風寒語無倫次，所以早早就讓學生下課回家。」

即使現在說這件事情，何平大哥看起來還是驚魂甫定，彷彿親眼目睹人變成了野獸的過程。

「那天晚上，我百思不得其解，不知道自己怎麼會說出這樣言語，不明白這種邪魔的念頭怎麼會在我的腦海中。我徹夜難眠，只好認真讀書，讀著讀著覺得自己又是原本的自己，那個能夠俯仰不怍的讀書人。沒想到，第二天白天，我跟學生說《詩經．蓼莪》篇，這原本是為人子女抒發不能終養父母的痛楚之情，我應該跟學生說如何盡孝道、為何要做到孝順父母的道理。沒想到我竟然大放厥詞，跟學生說人心險惡、處處有詐，即便是父母子女也不用交心，父母沒有必要教導孩子，孩子也不用對父母盡孝……」似乎覺得不好意思往下說，何平大哥越說越小聲。

何平大哥說話的時候，師父並沒有馬上回應，而是細細的為他把脈，等他說完，師父這才說：「你真的生病了，沒錯。」聽到自己生病，何平大哥舒了一口氣：「太好了！」被宣判生病，竟然還覺得這樣好？這是怎麼一回事？

「每天一到太陽下山，我就開始懊惱自己白天的言行舉止，虔心誠意的懺悔，可是一到白天，我開始為孩子

說課，那時候我又總是思想不正，口吐妄言。人家說師者所以傳道授業解惑，我樣樣都做不好，只是誤人子弟，還不如不教。可是我跟家人說起這些，他們都只認為我是太累了，不是真正的問題；我請附近的醫生看病，又因為從外表完全看不出我的狀況，醫生也以為我是因為疲累而有的幻想。南山先生，您真是太厲害了，我是真的有病，只是，到底是什麼病痛呢？為什麼大家都覺得我沒生病，只是想太多呢？」

「你可能是誤食西域毒草中了毒，由於毒性沒有形諸於表徵，所以旁人覺得你依舊如常。」

「既然中毒，為什麼沒有發熱、酸痛、外傷，為什麼晚上還好，一到白天就出了問題？」

「這種毒草相當奇特，會隨著血液流竄全身，因為晚上血脈運行較緩，毒性也變得緩和，所以沒有受到影響；但是白天活動活躍、血氣暢達，毒性也跟著遍布全身，所以你特別有感應，異常的言行連自己都會受不了。」

「居然是中毒……那，我會死掉嗎？」

「這種毒不會讓人死亡，但會改變一個人原本的慈善仁愛之心，讓人變得急功好利、不顧情面、寡廉鮮恥。隨著在體內的時間越久，日積月累毒性越強。若是置之不理，當毒性聚集越多，居時連晚上都會有所反應，到時候你白天、晚上表現無差，就是那種真正讓人厭惡的小人。」

「啊？那幸好我趕過來了。一個多月前，我先暫停學堂授課，因為覺得自己卑鄙狡詐，言行不一，再也不適合站在學生面前，跟孩子說道理。我越來越厭惡自己，

家人卻以為我只是思慮過多，幸好幸好，我到您這裡來求救了。南山先生，我這種症狀，有救嗎？」

「有的。的確有幾種草藥，專治這樣的病症，我這裡就有，只是雖然我備有這項藥材已經很多年，但卻一直沒有人運用。」

「為什麼？」何平大哥原本以為自己的病症得以治癒，臉上欣喜若狂，聽到師父這麼說，覺得一定有變數，神情立刻變得落寞。

「這是離招搖山不遠的亶爰山取得的，亶爰山上多水，草木稀疏，山勢陡峭險峻，一般人不會去攀登。這座山上有一種獸，叫做『類』，牠的模樣像野貓、長著頭髮，雌雄同體，所以不生妒忌之心，人們吃了牠，原本心中有的小人妒忌之心，也會立刻消失殆盡。那一年，

我到亶爰山，看到山勢如此，就沒想要攀登。沒想到聽到微弱的貓叫聲，一隻受了重傷的『類』，被山中落石擊中，已經奄奄一息。我將牠帶回醫治，可惜還是回天乏術，之後，炮製牠的肉片，做成藥材，只是到現在還沒人用過。」

「沒人用過……是因為……」何平大哥似乎難以啟齒，我知道他的疑問，我也覺得奇怪，既然師父說以「類」的肉片入藥，可以除去善妒之心，為什麼沒人用，難道效果不彰，或者服用之後，會有什麼副作用嗎？

「把『類』的肉片當藥引子，取一片放入野菇鍋裡頭，經過燉煮，就如同食療一樣，吃了能使人不妒忌，這是古書上寫的。我自己也試過，的確是如此。之所以備好藥材卻無處可用，是因為從來沒有人像你一樣，自覺自

己的言行舉止已經偏離正道，擔心自己面目可憎。大多數的人汲汲營營，見利忘義，為求目的可以無所不用其極。這藥材雖然有效，但熬煮時有一味最重要的藥材，連我都無法為病人備妥。」

「那是什麼？要去哪裡才能取得？我該怎麼樣才能拿到？南山先生，您一定要幫我的忙，我可不想變成那種我自己最鄙棄的小人。」何平大哥的神情，一下子欣喜、一下子憂愁，看起來他真的為這件事情傷透了腦筋。

「『類』讓人食之不妒，唯一的條件是，必須是這個人完全承認自己的缺失，真心想改變自己的行徑，這樣的心態服用這帖藥，才能得到效果。你想想看，當今世人，有幾個能承認自己德性的缺失？所以我才說這藥材一直備而不用，其實是得搭配每個人自我覺察的本性，

這是我沒辦法看透的。」

聽到這裡，何平大哥完全放鬆了心情。

師父給他五片「類」的肉乾，跟他說三天服用一次，如此半個月之後，一定完全改變。當他要離開時，還是非常的不放心，他問：「真的半個月就可以好嗎？假如我還是無法改變，可以讓我在您這裡待上一陣子嗎？」

「放心吧，這藥最難求得的方子，你已經具備了，一定有效的。」

「我知道您醫術高明，只是，萬一我病入膏肓、極端惡劣，能請您再幫我的忙嗎？」

「不然這樣好了，這次你回去之後，跟人家要一隻鳳凰鳥養在家裡。每天看著這種仁鳥，你遠離了妒忌之心，又親近仁義之鳥，一定更接近你心目中的君子。」

聽到這番話，何平大哥終於放心了。

鳳凰鳥在招搖山附近的丹穴山很多，只有公雞一般大小，是一種身有五彩羽毛，顏色斑斕的美麗鳥兒。丹穴山離招搖山不遠，所以招搖山也有人養鳳凰鳥。我曾看過真正的鳳凰鳥，牠們在籠子裡，態度從容不迫，飲食有節有度。牠們會安靜的排隊吃東西，從不爭先恐後；聽到夥伴輕聲的鳴叫，還會從容的跳著舞蹈。只是，單單是養一隻鳥兒，就有這樣的神效，那不是太稀奇了嗎？

「只要他覺得有效，就一定有效。鳳凰鳥身上不同的顏色，每個部位的羽毛又似乎有著花紋。有人說鳥兒頭上的文字是『德』，翅膀上藏著『順』這個字，背上的紋彩可以看到『義』，胸脯上的字是『仁』，腹部則有著『信』字。不管是不是真的，家中養著鳳凰鳥的人，

就已經把牠當成五德兼備的象徵。每天看著想著，那句『相隨心生，心隨意轉』就是這個道理。」

何平大哥回去之後，我心裡總是想著，他吃完那幾片肉乾了嗎？他真的好了嗎？他怎麼知道自己回復原本的模樣了呢？

八．無時不思，無藥不用

春暖花開之後，夏天的腳步漸漸近了，轉眼之間，我在山上的時間已經快要一年了。爹和娘有託人捎訊息過來，說會在桂花盛開的秋天來山上看我。

我有好多想跟爹娘說的事情，師父天天帶著我，我跟著採藥、跟著看診、跟著抓藥，看著看著，我總掩不住心中的讚嘆：這世間竟然有那麼多奇怪的病症，而更奇特的是，怪病竟然都有奇特的藥方！

我記得有一天，一個鄰近小山的村落，有個村長跋山涉水過來，說自己村子裡好多人，原本記性甚佳，突然變

得遲鈍健忘。健忘的狀況造成很多困擾，小至出門忘了回家的路、買東西忘了付錢，大到原本約定好的事情完全沒做到，造成很大的損失不說，還掛上不守信用的惡名。

我也常常忘記事情啊，這哪是病症呢？沒想到師父聽完，還認真的問了一句：「有這種遺忘症狀的，是年輕人還是老人家？」

「都有。」

「這不難治，只是我這裡現在沒有，你們可以自己去找一找。」師父要我拿出紙筆，他畫了一條四隻腳的魚。

「假如是年輕人患了遺忘症，你們到龍侯山，當地河水裡有很多這種『人魚』，有四隻腳、會發出嬰兒般的聲音，大概只有巴掌大。這種魚不難捉，魚肉滋味甚好，只是有人一聽到嬰兒哭聲，就不忍心食用，其實牠就是魚。

吃了這種魚，可以治療癡呆症，年輕人的遺忘症狀，可以馬上得到緩解。」

「就是吃魚湯就好？要加上什麼藥方嗎？」

「不用，喜歡就加幾根大蔥好了！如果是老年人的遺忘症，那會伴隨氣血不足的毛病，你們得找這個——」師父的紙上畫了一隻像烏鴉一樣的鳥兒。

「這是鶌鶌鳥，牠有白色的腦袋、青色的身子、黃色的爪子，馬成山上可以找到。鶌鶌鳥牠會發出『鶌鶌、鶌鶌、鶌鶌……』的聲音，不難捕捉，你只要撒一把大米，再模仿這樣的聲音，就可以抓住牠們。除掉身上的毛，把鳥肉用鹽稍微醃過再烤一烤，就可以食用，味道就像鴿子肉一樣，這一味專治老人家的癡呆健忘症。」

我也記得浮山上的張家村村長來這裡那一天，村長臉

上長著奇怪的疤痕，看起來還沒好，來到藥鋪子立刻跪下來請求師父醫治，師父要扶他起來的時候，他連連後退，要師父不要靠近。村長說村子裡流行痲瘋病，很多人都感染了，有人死掉，有人幸運的治好，但身上留下醜陋的疤痕。有少數人還沒感染，擔心下一個就是自己。更糟糕的是，大家都不知道該怎麼辦，村民個個人心惶惶，村子染上這種怪病，別村別莊的人全知道了，也不讓他們移往他鄉。

儘管村長不要師父靠近，但是師父還是親手扶起他，跟他說這病症也有方子，只要是感染初期，都可以根治。即便是身上開始潰爛長疹，服藥之後還是可以改善。我永遠記得村長驚訝的神情，他的眼睛周圍紅腫發炎，師父開了藥單，要我從百子櫃找齊那幾種藥材之後，煮出藥湯幫

村長清洗。

「不用不用，不勞這位小兄弟，我自己來就好。」

「你不用擔心，一般的接觸不會傳染，這病症沒有這麼可怕。」師父這麼說，但村長還是不要別人幫他。

洗過藥水之後的村長，原本紅腫發炎的眼周，似乎立刻消了一點，他瞇成一條縫的眼睛，也變得大一點。

師父寫了幾個方子。一個是剛剛的藥浴，師父說：「這些都是常見的藥材，你們那兒一定有，找齊之後像剛剛那樣煮成藥湯，哪兒紅腫潰爛，就沖洗那個部位，多洗幾次之後就會慢慢的好起來。」一個是得煎成湯藥的方子，我看了看，上頭有羌活、蒼朮、黃芩、防風、甘草、柴胡等二十幾種，也都不是什麼稀奇的藥材，似乎就只有通絡解毒、殺蟲祛風的效果而已。不過師父這麼說：「痲瘋治療

主要在補強身體，從體內激發自我去邪的機制，所以這帖藥雖然沒有什麼珍貴的藥材在裡頭，但可以去除痲瘋帶來的濕毒血瘀。村民因為痲瘋引發的皮膚問題，這帖藥頂多吃個十帖，一定見效。」

最神奇的是，師父還給了一張紙，上頭畫了一株草，那草的葉子看起來像散開的鹿角，莖稈是方形的。一看到那張畫，張村長立刻說：「南山先生，這也是藥方？這是我們浮山的薰草，到處都是啊！這薰草到處都是，葉子像麻葉，可是莖稈抽不出麻來；有淡淡的蘼蕪香氣，但又不能像蘼蕪吃進肚子裡，這能做什麼呢？」

「我知道薰草長在你們那兒，薰草配戴在身上，就可以防治痲瘋病。你可以回去告訴大家，請大家把薰草移植到住家庭院，平時聞著它的氣味，出門時在身上配戴著它

的葉子，大家都這麼做，村子裡的痲瘋病，很快就會完全消失。」

簡單尋常的藥材，住家周圍的野草，都是師父為人治病的方子。師父的藥鋪子沒有太多稀少罕見的藥材，他總是針對來求診的人，找到他們當地可以找到的材料來治病。這樣的例子，我幾乎每天都看得到。

有的藥目的是為了活命生存，有的藥卻希望終結生命。我記得那群莊稼漢來找師父時，臉上愁苦的模樣，讓他們看起來顯得更是蒼老。

他們是黃山的大地主羅員外和幾個佃農。羅家是黃山的大戶，老羅員外已經過世，現在是員外的兒子當家，因為老羅員外屬鼠，不喜歡貓，之前任由鼠輩滋生，所以他們的耕地裡地鼠患特別嚴重。幾十年下來，老鼠生生不

息，儼然據地為王。這一年雨水豐收，農作物受損的情形特別嚴重。即便老羅員外不在了，大家開始養貓，但老鼠個個長得又肥又壯，什麼都不怕，還聯合起來，咬死好幾隻貓。

「南山先生，人家說你總是有辦法，我們如果再想不到辦法除去老鼠，這塊地就什麼也種不了，可能大家都要搬離自己的家了。」

「好的好的，藥能治病，也能致命。老鼠反客為主，這真的要想辦法了。只是，老鼠極能生養，也不知道數量到底是多少，我就算開了藥方，該怎麼投藥呢？」師父在大桌子前想了又想，畫了又畫。最後，他猛然拍了一下自己的大腿，大聲的問：「你們住黃山？那去過附近的皋涂山吧？」

「知道啊，我們那兒往東就是皋涂山，皋涂山北面盛產銀礦金礦，夏天的時候，山上雨水豐沛，這些礦砂會隨著流水沖刷下來，我們常會在夏天的時候去碰碰運氣。假如真的挖到金礦銀礦，那真是天賜的財富啊！」

「既然你們常去，那就沒問題。皋涂山和我們這招搖山一樣，種了許多桂樹，桂樹林底下的石頭，你們記得是什麼顏色嗎？」

師父突然這麼一問，這幾個人陷入沉思，看起來沒人想得起來，誰會記得腳底下的石頭是什麼顏色？

「灰色？」

「黑色？」

「青色？」

「赤色？」

「黃色？」

這幾個人連番胡亂的猜著。一直沒有開口的小羅員外，這時很肯定的說：「是白色，我記得。有一次我到山上淘金，中午休息就在桂花林中吃饅頭。我的饅頭掉在地上，當我彎腰撿起來的時候，我記得地上的石頭跟饅頭的顏色非常接近……」

「是的，那種白色的石頭，叫做『礜石』，礜石質地不似一般石頭那樣堅硬，石頭本身有種特別的成分，會吸引老鼠來啃咬。偏偏老鼠只喜歡咬食，卻不知道自己吃下去之後不能消化，所以老鼠忍不住吃多了，就會慢慢死去。你們有空開著船，去把那種石頭運一些回來，均勻放在田裡，這樣就可以了。」

滿山的礜石，根本不用錢，要多少就可以撿回去多少，

師父這個藥方對張家村的人來說，也是一毛錢都不用花。

「太好了太好了，我們等會兒回去，先別回家，直接到皋涂山把礜石帶回去……」這些人的模樣開心極了，跟剛來的時候，簡直判若兩人。

「只是……」靜靜的小羅員外開口，看起來是深思熟慮之後才說的：「南山先生一定不知道我們的鼠患多麼嚴重，不僅田裡的作物遭殃，老鼠也侵入民宅，常有咬傷熟睡孩子、咬壞家中器具，甚至曾經咬斷村子通往外地的橋墩……我們要運多少船的礜石，才夠消滅村子裡的老鼠呢？」

「這不用擔心。我會想到礜石，一定是有我的用意。」

師父說起他怎麼發現礜石可以殺死老鼠。很久以前，師父路經皋涂山，曾撿回幾塊那種白色石頭，當時還不知道這潔白如軟玉的石頭能做什麼，所以隨意放在桌上。師父說：「當我看到石頭上有老鼠嚙痕，知道老鼠會啃咬，不久之後在這裡發現好幾隻老鼠屍體，把屍體解剖觀察，看到裡頭臟器紅潤，知道石頭無毒。老鼠體內的胃是撐大的，如同圓球般，當我剖開圓球，發現裡頭如軟泥般的礜石，幾乎是原封不動的，完全沒消化，所以我推斷老鼠會死亡，是因為吃撐了無

法消化。」

「南山先生，您真是有實證精神，只是，我還是不懂，滿山數不清的老鼠，牠們要吃多少才會死亡，我們要準備多少礜石才夠？」

「一開始我也只能確定老鼠愛吃礜石，礜石卻會取了牠們的性命，沒注意到太多細節。後來發現，怎麼幾天過後，原本啃食礜石死去的老

鼠，牠們的屍體會有其他老鼠來啃食，這些老鼠彷彿說好似的排列在周圍，一批又一批……」

師父這麼一說，我完全懂了，難怪藥鋪子這三千六百多個百子櫃藥箱，這麼多攤在地上鋪曬等待乾燥的藥材，師父從來不擔心鼠輩，因為幾年前那幾隻頭一批吃了礜石的老鼠，像連環鞭炮一樣，一批又一批的取了自己同類的性命，這也是藥鋪子沒有老鼠的原因。

「太好了，南山先生，我們趕緊回去跟大家說，希望最慢明年春天可以開始正常的耕種，全村的人都會感激您的！」

看到某種事物，師父總不是單純的看，他似乎總是在思考。幾乎什麼都拿來研究，看看能否成為某種病症的藥方。師父看病不收錢，病家隨意送什麼或者不送什麼都

好，所以常有之前的病人，從疾病被治好那一年開始，每年到收穫的時候，就替師父送來田裡的莊稼。師父總是認為，天地化育萬物，這些藥材取之於天地，用之於人間，他這樣就很好，不需要換得金錢才能溫飽。

夏天的尾聲，我期待爹娘來到的心情，隨著樹上的楓葉慢慢轉紅，我的心也越來越熾熱。我已經比一年前強壯多了，簡單的風寒、跌打損傷，師父都教會我了，這樣的功夫雖然很粗淺，但爹娘知道了一定很高興。我天天盼星星，盼月亮的，沒注意到師父整理行囊，似乎要出遠門。

果然，師父把我叫到跟前，他跟我說：「小難，我得出遠門看一看，那天有人託李其縣官捎信過來，說好幾個地方怪鳥飛過，天上出現異象，幾個中藥鋪的藥草無緣無故的發霉腐朽，正在煎煮的藥罐子也莫名其妙的碎裂。這

種情形我從來沒見過，到底是怎樣的怪鳥，到底為什麼造成這些導致人心惶惶的現象。我已經想了好幾天，完全沒有頭緒。我想，還是親自去踏察，也許可以找到一些蛛絲馬跡。」

「師父，您要去幾天？」

「十天半個月，或者更久一點。」

「啊，師父，這次您不讓我跟著去？」我總是跟前跟後的，師父到哪兒我就到哪兒。

「不行呀，這次我不知道要多久，而且，你爹娘不是要來嗎？你還得餵那兩匹馬，不是嗎？等我回來，假如找到什麼藥方，到時得開始炮製，我們都得忙上好一陣子呢！」

李其縣官派人來接師父下山，還留下兩個大哥哥陪

我，每次都是我和師父並排站著目送別人下山，這次換我目送師父下山，我覺得有些依依不捨，啊，我已經真的把師父當成我的爺爺了！

師父走了，我看著他的背影，眼眶有點濕濕的。不過，已經走了很遠的師父，突然轉身又走回來，師父忘了什麼東西嗎？還是師父決定帶著我走？我顧不得爹娘過一陣子要過來，看到師父往回走，我從山上往下奔跑……

「師父！」我跑得氣喘吁吁，以為師父會說：「小難，你跟著走吧，到處闖蕩闖蕩，也能多長見識。」沒想到師父很嚴肅的說：「小難，我忘了吩咐你，你還記得客房旁邊那個房間嗎？」

「我記得。」那個房間總是鎖著，鎖很新，門把上一點灰塵都沒有，看得出師父是常會進出的，但是我從來不

知道裡頭是什麼。只有一次，當我掃地掃到那兒，我好奇的撥弄著上頭的黃銅鎖，師父經過，輕輕哼了一聲，害我嚇得面紅耳赤。

「我不在的時候，不管裡頭傳出什麼聲音，你，千萬別靠近那個房間，也千萬別想著打開那個房間！」

師父說完，眼神嚴厲的看著我、等著我，似乎要我立刻給個回覆。我趕緊說：「是的，師父，我聽到了。」

我的腦子轟轟作響，那兩句話不斷的在我腦中迴盪：「千、萬、別、靠、近」、「千、萬、別、打、開」、「千、萬、別、靠、近」、「千、萬、別、打、開」……

師父的身影越來越遠，我心跳如擂鼓，心裡頭有數不清的問號。師父為什麼特別的叮嚀？到底那個小房間裡頭有什麼？到底有什麼？

孩子的經典花園
山海經裡的故事1 南山先生的藥鋪子

2019年8月初版　　定價：新臺幣290元
2023年8月初版第八刷

著者	鄒敦怜
繪者	羅方君
叢書主編	黃惠鈴
叢書編輯	葉倩廷
校對	趙蓓芬
整體設計	王兮穎

出版者	聯經出版事業股份有限公司
地址	新北市汐止區大同路一段369號1樓
叢書主編電話	(02)86925588轉5312
台北聯經書房	台北市新生南路三段94號
電話	(02)23620308
郵政劃撥	帳戶第0100559-3號
郵撥電話	(02)23620308
印刷者	文聯彩色製版有限公司
總經銷	聯合發行股份有限公司
發行所	新北市新店區寶橋路235巷6弄6號2樓
電話	(02)29178022

副總編輯	陳逸華
總編輯	涂豐恩
總經理	陳芝宇
社長	羅國俊
發行人	林載爵

行政院新聞局出版事業登記證局版臺業字第0130號

本書如有缺頁，破損，倒裝請寄回台北聯經書房更換。　ISBN 978-957-08-5351-3 (平裝)
聯經網址：www.linkingbooks.com.tw
電子信箱：linking@udngroup.com

國家圖書館出版品預行編目資料

山海經裡的故事1 南山先生的藥鋪子/鄒敦怜著．羅方君繪．初版．新北市．聯經．2019年8月（民108年）．160面．17×21公分（孩子的經典花園）
ISBN 978-957-08-5351-3（平裝）
[2023年8月初版第八刷]

1.山海經　2.歷史故事

857.21　　108010712